激愛マリッジ

Ai & Masataka

玉紀 直
Nao Tamaki

EB
エタニティ文庫

目次

激愛マリッジ

プロローグ

「結婚しよう。愛衣」

それは、夢のような言葉だった。

夜とは思えないほどキラキラと明るいイルミネーション。

タイミングよく降り始めた雪が、その光景をいっそうロマンチックに盛り上げる。

今日はクリスマス・イブだ。そして、わたし――向井愛衣の二十歳の誕生日でもある。

こんな日に、まさかずっと好きだった憧れの幼なじみ、雅貴さんからプロポーズされるなんて！

十歳年上の彼は、父親同士が昔なじみということもあり、子どものころからよくうちに出入りしていた。その関係で、雅貴さんはずっとわたしの家庭教師をしてくれていたのだ。

年の差はあるけれど仲の良い幼なじみ――

大人で優しい憧れの人が好きな人に変わるのは、わたしにとって自然な流れだった。

雅貴さんから見れば、わたしは本当に子どもだと思う。

彼は大人で素敵すぎて、隣に並んでもせいぜい兄妹にしか見えないだろう。

それでも彼は、いつもわたしに優しく接してくれた。考え方や言動を、子どもだと馬鹿にされたこともない。彼の思いやりに溢れた大人の対応が嬉しくて、尊敬さえしていた。

そんな彼と二十歳の誕生日を一緒に祝う約束をしたのは一ヶ月前。

この日を、どれだけ待っていたことか！

父が誕生日プレゼントに買ってくれたワンピースを身にまとい、普段あまりしないお化粧も、メイクの上手な友だちに聞いて頑張った。

準備は万端……かは少々疑わしいけど、それでも雅貴さんとの誕生日ディナーだもん、準備には気合が入る。

キャンドルの灯がロマンチックな高級レストランに連れて行ってもらい、ちょっと大人なディナーを楽しんだあと、イルミネーションを見に駅前公園通りにやってきた。

クリスマス・イブだし、イルミネーション目当ての人がいっぱいいるだろうと思っていたら、通りにはなぜかわたしたち以外に人がいない。

どうしてかな～、なんて考えつつ雅貴さんに視線を向けると……

――信じられないプロポーズの言葉である。

煌めくイルミネーションをバックに立つ雅貴さんは、いつにも増してとても素敵だ。百八十センチを超える長身に、すっと通った鼻梁と切れ長の双眸。眉目秀麗とは、彼のためにある言葉だと思う。

スーツにキャメルのコートを羽織った立ち姿は凛々しくて、見惚れずにはいられない。そんな彼からじっと見つめられ、わたしの胸はドキドキと早鐘を打ち始める。

幸せすぎて涙が出そう。……というか、あまりのことに眩暈がして倒れそうだ！

驚きで言葉もないわたしに微笑み、雅貴さんは軽く右手の指をパチンと鳴らす。次の瞬間、まるで示し合わせたように大きな打ち上げ花火が夜空を彩った。

「わぁぁっ！　なにっ!?」

思わず歓喜の声を上げてしまった。だって、まさか冬に花火が上がるとは思わない。

わたしは口を開けたまま、次々と上がる花やハートの形をした花火に見入った。

びっくりしたのもあるけれど、すごく綺麗……

「ま、ま……雅貴さんっ、すごいですねぇっ、綺麗っ！」

イルミネーションの煌めきと花火の光、どちらも同じくらいキラキラしている。テンションが上がって、つい雅貴さんのコートを掴んでくいくいっと引っ張ってしまった。

そのとき、くすりと笑う声が聞こえてハッとする。ちょっと、わたしハシャギすぎでしょう!!

「愛衣……これを」

雅貴さんがわたしの目の前になにかを差し出す。親指と人差し指でつまんだ小さなもの。

……指輪……？

「え？　……えっ？」

わたしは言葉もなく、指輪と雅貴さんを交互に見た。

慌てるわたしと対照的に、彼は余裕の笑みを浮かべている。その表情を見ていると、なんだか自分が慌てすぎているような気がして、恥ずかしくなった。

彼はわたしの左手を取り、薬指にそっと指輪をはめる。サイズなんて聞かれたこともないのに、その指輪はわたしの指にぴったりとはまった。

キラキラした綺麗な宝石のついた指輪だ。見るからに高級そうで、まだ二十歳のわたしがはめていてもいいのか迷うレベル。思わず目の前の雅貴さんを見上げてしまう。

その答えをくれるかのように、雅貴さんはわたしの薬指にはめた指輪の上に唇を落とす。

「俺と結婚して、愛衣」

ひゃあぁぁぁっ……

心が悲鳴……いや、なんて言ったらいいかわからない歓声を上げている。

嬉しいような、焦るような、恥ずかしいような。

とにかくわたしは、言葉もなくただ口をぱくぱくさせてしまう。

指から唇を離した雅貴さんは、手を握ったままわたしを見つめる。

凛々(りり)しくて綺麗な雅貴さんの目。今夜はそこに、見ているほうが恥ずかしくなるくらいの色気を感じた。

「返事は、Ｙｅｓしかないと思っていいな？」

「え……あの……」

なんだか頭がボーッとしてきた。ディナーでほんの少し飲ませてもらったワインのアルコールが今ごろになって回ってきたんだろうか。

確かに酔ってる。でもそれは……いつもと違う雅貴さんと、このムードにだろう。

気づけばわたしは、こくりとうなずいていた。

頬が熱くて堪(たま)らない。

「真っ赤だ。かわいいよ」

くすりと笑う雅貴さんに、指で頬をつつかれる。

そ、そんなことされたら、よけいに赤くなっちゃうじゃないですか！

「……長年、待った甲斐があった。これで、愛衣は俺のものだ」

そう言った唇が、わたしの唇に触れる。

——もう……脳が溶けちゃいそう……

ロマンチックな景色とムード。そして、大人の色気が漂(ただよ)う雅貴さんの雰囲気と言葉に蕩(とろ)かされる。

そうしてわたしの二十歳の誕生日は、一生忘れられないものになった。

第一章　婚約した、みたいです。

まだ夢を見ているみたいだ。

翌朝、洗面所の鏡に映る、なんともいえないぼんやりした自分の顔を見つめる。

寝起きは悪いほうじゃないのに、こんなに頭がボーッとしているだなんて、熱でもない限り考えられない。

洗面台に手をついて身を乗り出す。決して高くない鼻が鏡にくっつきそうなほど顔を近づけ、自分の顔をまじまじと見つめた。

「あれは夢……だったのかなぁ……」

呟(つぶや)いて、こつんと鏡にひたいをくっつけた。

——結婚しよう。愛衣。

昨夜、憧れの人から言われた言葉が頭を駆け巡る。

煌めくイルミネーションに、舞い散る白い雪。冬の透きとおった夜空に咲き乱れる色とりどりの花火と、見たこともないくらい豪華な指輪。

あんなゴージャスな指輪、そんじょそこらのアクセサリーショップでは絶対にお目にかかれないよ。そんな指輪をわたしの指にはめて、そこにくちづけてきた雅貴さんの姿が頭から離れない。

彼に言われた言葉や、わたしに向けられた微笑み――それらを思い出すだけで、まるで発熱したみたいに全身が熱くなるのだ。

――結婚しよう。愛衣。

何度も頭の中で繰り返される言葉に夢心地になるものの、そうはさせるかと現実がストップをかけてくる。だって、彼――西園寺雅貴さんは、わたしとは住む世界が違う人。

ずっと家庭教師をしてくれていた仲の良い幼なじみだけど、ラリューガーデンズホテルチェーンの社長であり、それらを統括する西園寺ホールディングスの跡取りなのだ。

そんなすごい人が、平平凡凡な一介の女子大生にプロポーズなんてするだろうか。

いくらずっと憧れていた好きな人の言葉でも、さすがに夢ではないかと疑ってしまう。

「……雅貴さん……」

「なんだ？　愛衣」

ポツリとこぼれた呟きに返事があった。

「まだパジャマだったのか。今日は寝坊助だな、もう昼だぞ？　もしかして眠れなかったのか？」

幻聴にしては、やけにリアルに聞こえる。凛々しさの中に優しさが漂う雅貴さんの声そのものだ。

「まあいい……おはよう、愛衣」

直後、チュッと音を立てて頬にキスをされた。その瞬間、わたしはズサッと洗面台の横の壁に背中を張りつける。

「えっ……えっ……、ええっ!?」

驚きのあまり、口から出てくるのは言葉にならない声ばかり。

そんなわたしの目の前には、ピシッとスーツを着こなした雅貴さん。

堂々とした風貌に、高そうなデザイナーズスーツがとてもマッチしている。スーツは着る人によってこうも変わるものなのか、と思わずにはいられない。申し訳ないが、日常的にその辺で見るスーツ姿の方々とは雲泥の差だ。

非常に整った彼の容姿と相まって、目を奪われるほどかっこいい。

「目が覚めたか？」

雅貴さんはにこりと余裕の笑みを浮かべている。

「ま……ま、雅貴さ……」

「ん？」

上手く言葉が出ないわたしに一歩近づき、雅貴さんは優しげに目を細める。

彼の醸し出す雰囲気がめちゃくちゃ甘くて、なんだかいたたまれない。

すると彼は百八十センチを超える長身を少しかがめて、半開きになっているわたしの唇に人差し指で触れた。

「愛衣が鏡と仲良くしていなかったら、こっちに挨拶したんだけどな」

ポンッ！と、頭の中でポップコーンが弾けたような音がして、顔どころか耳まで熱くなった。

こ、これは……、唇にキスをしたかったってこと……!?

「なっ……なにを言ってるんですか。そういうことを言って、からかっちゃ駄目ですよっ」

なんとか笑って受け流そうとするけれど、笑顔が引き攣ってしまう。そんなわたしに、雅貴さんは夢のような現実をポーンと突きつけてきた。

「婚約者なんだから、唇にキスくらいいいだろう？」

わたしは笑顔を引き攣らせたまま固まってしまう。

――こんやくしゃ……

それって……、つまり……

「あの、雅貴……さん？」

「なんだ？　愛衣」

おそるおそる呼びかけるわたしに、雅貴さんの声は穏やかだ。いつもどおり落ち着いていて、でも普段とはちょっと違う視線でわたしを見ている。

「あの……昨日、は……」

「ああ、昨日は愛衣の誕生日を一緒に祝えて嬉しかった。あのレストランは気に入ったか？　近いうち、また行こうか」

「え……あの……、でも、高そうなお店だったし、そんな、近いうちなんて……」

「婚約者に遠慮なんてするな。もっと我儘を言ったっていいんだぞ」

「それなんですけどぉ!!」

すかさず雅貴さんの言葉に食いつく。彼があまりにも平然と話しているので、なんだか冷や汗と同時に動悸までしてきた。

「こ、婚約者って……あのっ……」

なぜわたしが慌てだしたのか、雅貴さんにはわからないようだ。彼はわたしの左手を取り、自分の右手で包みこむ。

「レストランのことは覚えているのに、肝心なことを覚えていないとは言わないだろうな？」

「肝心な、こと……」

「イルミネーションの中で、プロポーズを受けてくれただろう」

夢じゃなかったぁ!!

あまりにも現実離れしていて夢かと思っていたけど、夢じゃなかったんだ。

あのイルミネーションも、舞い散る雪も、色とりどりの花火も、彼からのプロポーズも、現実だったのだ。

大きく目を見開いたわたしを見つめ、雅貴さんはくすりと笑う。そして左手を包んでいた手を、そっと動かした。

「これをしていながら、夢だと思っていたのか？」

目の高さにまで持ち上げられた左手の薬指には、二十歳の小娘には似合わない豪華な指輪がはまっている。

昨夜、雅貴さんがくれた指輪だ。

どうやらわたしは、これをはめたまま眠ってしまったらしい。

いくら昨夜は夢見心地で帰宅したからって、こんな高そうな指輪をはめたまま眠ってしまうなんて。

「昨夜飲ませたワインのせいかな？　アルコールでぼんやりしてしまうかわいいところ

は、俺以外には見せないでくれよ。いいね？」

「は……はい……」

ぼんやりしていたのは、ワインのせいではない……と思う。

あまりにも信じられない出来事だったから、わたしが夢ということにしようとしていたのだ。

でも、夢じゃないんだ……。わたしが、雅貴さんと……

混乱しつつも、現実を理解しようと頭がフル回転し始める。そのせいか眉が寄り、硬い表情になってしまった。

すると雅貴さんがくすりと笑って、わたしの唇にチュッと軽くキスをする。

「そんな顔をしなくていい。仮に覚えていなかったとしても、怒ったりしないよ」

ひぃ――!!

に、二回目、二回目ですよ、雅貴さん!!

昨日に続いて、二回目の唇にチューですよ!!

「そもそも愛衣は、俺にプロポーズされて『夢かもしれない』と思うほど舞い上がっていたんだろう？　かわいすぎて感動する」
ポ、ポジティブですね、雅貴さんっ!!
そんな、くすぐったくなるような甘い声で言われたら、興奮して倒れちゃいそうです!!

わたしは訳もなく叫んで暴れ出してしまいそうな自分を、必死に抑えた。

一方の雅貴さんは、わたしを蕩けそうな瞳で見つめている。

そうだ。この目だ。

確かに昨夜、この目を見た覚えがある。見つめられるうちに、全身がほんわりして……

――結婚しよう。愛衣。

頭の中で、ボンッと音がする。まるで瞬間湯沸かし器みたいに体温が急上昇して、身体中が熱くなる。

どうしよう。わたし、きっと真っ赤になってる。いっそ湯気でも出して身体から熱を逃がしたいくらいだ。

「思い出したら恥ずかしくなったのか？　真っ赤になって、愛衣は本当にかわいいな」

そして、またしても雅貴さんの唇がわたしの唇に触れて――

もう……脳みそが溶けちゃいそう……

彼はわたしの手を握ったまま、もう片方の手で頭をポンポンと撫でる。

「このまま一緒にいたいところだが、そろそろ会社に戻らなくてはならない時間だ。夜にでもまた連絡するよ」

そこでハッと気づく。そうだ、雅貴さんはどうしてここにいるんだろう。

時刻はもうお昼に近い。

今日は十二月二十五日。平日だから、会社が休みということはない。

わたしは大学が休みに入っているけど、彼は仕事があるはずだ。

「雅貴さんは、ここでなにを？」

「なにって、愛衣の顔を見ながら手を握っている。とてもいい気分だ」

……照れます……

「い、いや、そうじゃなくてですね、こんな時間にここでなにをしているんですか、っていう意味ですよ。お仕事はどうしたんですか？」

「ああ、仕事の合間に結納品を届けに来たんだ。大至急用意させていたものが、ようやく揃ったんでな」

「そうなんですね。結納ひ……ん……」

雅貴さんがあまりにも平然と言うものだから、わたしもするっと流しそうになる。しかし、平然としたままではいられないお届け物だ。

……結納品って!?

「もちろん、両家の結納の会食の場はきちんとセッティングするつもりだ。ただその日まで待っていられなくてな。早く渡しておけば、愛衣は俺と結婚するんだって実感も湧くだろう?」

これまで雅貴さんには、なんでも堅実に進めていく真面目な人、というイメージがあった。なのに、待ちきれずに結納品だけ先に持ってくるなんて、いつもの落ち着いた彼らしくない。

でも、このらしくない行動が、わたしを思うが故なのだと思うと、なんだかくすぐったくなる。

「ちょっと性急だったかな? こんなんじゃ愛衣に笑われてしまうな」

自分でもらしくないと感じたのだろう。雅貴さんがちょっと照れくさそうに笑う。そのはにかんだ微笑みに胸を撃ち抜かれた。たちまち、彼への愛しさがぶわっと溢(あふ)れ出してくる。

雅貴さんは、本当にわたしと結婚したいと思ってくれている。

信じられないけど、これは現実なんだ。それも、とんでもなく幸せな。

雅貴さんから熱っぽい眼差しで見つめられ、気持ちがほわっとしてくる。そのまま彼を見つめ返していると、キュッと手を握られ彼の顔が近づいてきた。

——直後、その甘い雰囲気を打ち破るスマホの着信音が響き渡る。

びっくりしたわたしは、慌てて雅貴さんから離れた。

数回のコールで切れた着信に一瞬眉をひそめた雅貴さんは、軽く舌打ちをしてわたしの手を離す。

「すぐに切れちゃいましたけど、出なくてよかったんですか?」

仕事だったらまずいのではないか……そう思って声をかけた。しかし彼は、なにかを思案するようにわたしを見る。

「秘書に、次の予定に影響が出そうならスリーコールだけ鳴らせと言ってあったんだ」

ああ、だから短いコールで切れたのか!

「残念だけど時間切れだ。仕事に戻るよ。愛衣もちゃんと顔を洗って、目を覚ますように」

「は、はい、すみません」

顔を洗う前に、これ以上ないってくらい目が覚めましたが。

「結納品と一緒に、ウエディングドレスのカタログもお義母(かあ)さんに預けてある。ラリューガーデンズホテルのウエディングサロンが誇る、オリジナルブランドだ。『こんな感じのがいい』というデザインがあったらすぐに教えてくれ。それをベースに、愛衣だけの完全オリジナルドレスを作らせようと思っているんだ」

「ウエディングドレス……ですか?」

「カラードレスのカタログもあるから、気に入ったものはすべて教えてほしい。何着でも作らせよう」

「そっ、そんなっ、何着もなんて着替えてるだけで披露宴が終わっちゃいますよ」

わたしが慌ててそう言うと、雅貴さんは楽しげに笑う。

「俺が着せたいと思っているんだよ。綺麗なドレスを着た愛衣を、たくさん見たいんだ」

さっきから胸のドキドキが大きくなる一方だ。

雅貴さんはわたしの頭をポンポンと撫でてから、軽く手を上げて洗面所を出ていく。

そんな彼の背中を見送るわたしは、なんとも言えない顔をしていたに違いない。

嬉しくて笑いたいのに、照れくさくて笑うのを我慢したら、変に頬が引き攣ってしまった。

彼からウエディングドレス姿が見たいと言われて、恥ずかしいような嬉しいような、すごく幸せな気分になる。同時に胸がギュッと締めつけられて、涙が出そうになった。

自分でも、笑いたいのか泣きたいのか、よくわからない。

わたしは本当に、雅貴さんの「婚約者」になったの？

彼は、いつもは「陽子さん」と呼んでいるわたしの母を、「お義母さん」と呼んでいた。

結婚式もなにも決まっていないのに、ウエディングドレスを選んでおけと言っていたし。

あの雅貴さんがわたしとの結婚を楽しみにしてくれている。

そう思ったとたん、胸がきゅんっとした。よく聞く「きゅん死しそう」っていうのは、こういう状態のことじゃないだろうか。

洗面所の出入口に目を向けたまま、わたしはそこから視線を動かせない。

クールでカッコよくて……どうしてこんな素敵な人がずっと、わたしの家庭教師を続けてくれていたのか不思議だった。

だけど、わたしが彼を好きだったように、彼も同じ気持ちでいてくれたのだとしたら……

どうしよう……すごく幸せ……！

「愛衣ー、まだ顔洗ってるの？」

洗面所の入り口から、母が顔を出した。そして、ぼんやりしているわたしの様子を見て、首をかしげる。

「どうしたの？　なんか、コンビニのクジを三回引いて全部当たっちゃった、信じられな～い、みたいな顔して」

……なにその微妙なたとえ。ああ……そういえばお母さん、このあいだ、三回引いて全部外れたって言ってたっけ。

「坊ちゃんにプロポーズされたんでしょう？　コンビニのクジよりすごいものが当たっ

たじゃない」

「ま、雅貴さんとコンビニのクジを一緒にしないでっ！」

ついムキになると、笑いながらそばにきた母に、寝癖のついた髪を撫(な)でられた。

母は雅貴さんのことを「坊ちゃん」と呼ぶ。というのも、わたしの父が総支配人として勤めるホテルが、ラリューガーデンズホテルチェーンの一つだからだ。おそらく、「坊ちゃん」呼びはそこからきているのだと思う。とはいえ、大人になってまで「坊ちゃん」はどうなんだろう。

雅貴さん自身は、特に気にしている様子はないけれど……。

「坊ちゃんが持ってきた結納品、すっごく立派だったよ。仏間に置いてあるから、見ておいで」

「う……うん」

「カタログがいっぱい入った紙袋も預かってるわよ。坊ちゃんが、見ておいてくれって。あれってウエディングドレスのカタログでしょう？　お母さんも一緒に見ていい？」

「それは、もちろんいいけど」

「ラリューガーデンズホテルのウエディングサロンって、豪華で有名だし。坊ちゃんが選んでくれたカタログなら、見るのが楽しみねぇ」

少女みたいにキラキラと目を輝かせる母に、わたしのテンションも上がってくる。

「そうだね」

「ああそれと、ちゃんと顔を洗って着替えてから仏間に行くんだよ。きちんと身なりを整えてからじゃないと、バチが当たりそうなほど立派な結納品だからさ」

「そんな大袈裟なぁ」

国宝かっ、と内心で突っ込みを入れつつ笑うと、母の表情がふっといたわるようなものに変わった。不思議に思って首をかしげるわたしに、母が少し声のトーンを落として口を開く。

「よかったわ。思ったよりも落ち着いているみたいで。びっくりして、もっとオロオロしてるんじゃないかと心配したけど」

「し、しないよ……。だって、いやなことじゃないし……」

「そうね、愛衣は昔から坊ちゃんのことが大好きだもんね」

「え⁉」

いきなりそんな核心をついてきますか⁉

お母さんに雅貴さんへの気持ちを言ったことはなかったけど、娘の恋心なんてとっくにお見とおし、ってやつだろうか。

頬がぽわんと温かくなった気がする。照れているわたしを見てクスッと笑った母は、軽く頭をポンポンと撫でてからそばを離れた。

「坊ちゃんも長いこと待ったしね。今ごろ本人は大喜びだろうけど、愛衣も嬉しそうでよかった。でも……まさか本気だったとはね……」

そんなことを言いながら、母は洗面所を出ていく。

去り際の母の言葉に、なんとなく聞き覚えがあった。

そういえば雅貴さんも昨日、「長年待った」と言っていなかっただろうか？　あのときは、それどころじゃなかったし、彼が大袈裟に言っているだけだろうと考えていたのだけど……

まさかとは思うけど、この結婚は生まれたときから決まっていたとか、そういうやつ？

そう思ったら、なんだかいろいろ気になってしまう。

この疑問は、誰に聞いたら解決するだろう。雅貴さん？　いや、もしこの結婚が親同士の繋がりから始まっているのなら、父に聞くのがいいのかもしれない。

「雅貴さんのお父さんとも仲が良いし、お父さんなら事情を知ってるはずだよね」

ちょうど今日は家にいるはずだから、あとで聞いてみようかな。

毎年、十二月二十四日か二十五日のどちらか一日、家族でクリスマスとわたしの誕生日を兼ねたお祝いをしているのだ。

今年は二十四日に雅貴さんとの約束があったこともあり、家族でするお祝いは二十五日になった。

　これまで父は、お祝いの日の夕食に間に合うよう早めに帰ってきてくれていたが、今年は記念すべき二十歳の誕生日。いつも忙しい父がしっかり休日の申請をして、休みを取ってくれたのである。

『本当にあなたは、愛衣に甘いんだから』

　母が苦笑いしながら言う言葉は、我が家のお決まりのセリフと言ってもいい。

　これは一人娘の特権とでも言うべきか。

　でも、もう二十歳になったんだし、こういうのも卒業しなくちゃダメかな。

　そんなことを考えながら、わたしは急いで顔を洗い身支度を整えた。ご飯を食べに行く前に、母から父のいる場所を聞き仏間へ向かう。

　近くまで行くと、仏間の襖は開いていた。

「お父さーん」

　ちょっとおどけて襖から室内を覗きこみ、わたしは息を呑んだ。

　六畳ほどある仏間には、結納品と思しきものが所狭しと並べられている。

　積み上がった反物に立派な桐箱、房の付いた紐でくくられた漆塗りの入れ物。そして豪華な水引のついた品物の数々。

　でも、わたしが息を呑んだのは、予想を超える結納品にすくんでしまったからだけではない。

結納品の前で正座をする、父の寂しそうな背中を見てしまったからだ……

「愛衣？」

父が振り返る。わたしが来たからなのか、丸まっていた背筋がピンッと伸びた。

「お……お父さん……、あの……」

言葉に詰まる。どうしよう、父は普通にしているつもりなのかもしれないが、漂う雰囲気がしんみりしている。

「どうした？　結納品を見に来たんじゃないのか？」

「う、うん……すごいいっぱいだね……」

「そうだな……」

息と一緒に言葉を吐き、父は結納品へ視線を向ける。そのどこか寂しそうな横顔から、わたしは目をそらした。

とても話し続けられる雰囲気ではない。

わたしは、そっと、仏間の前から離れた。

――その後、事態は思った以上に急速に進んだ。

夢のようなプロポーズに浸ったり、この結婚の事情について父に確認する余裕はなかった。

あれよあれよと結納や食事会が執り行われ、気づけば結婚式の日取りまで決まってしまっていた。

なんと、プロポーズから一ヶ月半後のバレンタインデーである。心の準備をしている暇もない。

そもそも、たった一月半かそこらで、結婚式の準備なんてできるものなのだろうか。

だが……

『大丈夫。ウエディングサロンのスタッフが、すべて取り仕切ってくれる。ラリューガーデンズホテルが誇る精鋭スタッフだから問題ない。愛衣はなにも心配しなくていいんだよ』

と、雅貴さんはそれはそれは麗しい微笑みを浮かべて、わたしに言ったのだ。

けれど、結婚の準備が大変だってことは、ちょっと調べればわかる。

きっと大学のテスト勉強も手につかないくらい忙しくなるに違いない。そう覚悟していたわたしに課せられた〝準備〟は、ウエディングドレスのデザインをリクエストすることと、披露宴に呼びたい相手を選ぶことだけだった。

それ以外の準備は、雅貴さんの手配してくれたサロンスタッフが全部やってくれるというのだ。

そんなこんなで、なんだかよくわからないまま、誕生日から大晦日までの一週間は、まるで一年を早送りしたかと思うくらい目まぐるしく過ぎていったのである。

そして、結婚式の前には、年明け一番の大きな行事になるはずだった成人式も待っている。大学の友だちはもちろんだが、進学などでバラバラになっていた高校の同級生にも会える機会とあって、ちょっと楽しみにしていた。

友人たちには、そのときに結婚について伝えたほうがいいだろうか。いや、成人式は出席するみんなのお祝いの場なのだから、そんな日に伝えて変に気を使わせることになったら申し訳ない。

だったら、結婚式を挙げたあと、改めて葉書を出したらいいのだろうか。

ハッキリいってわたしは、まだまだこういう世間の常識のようなものに疎い。

悩んだあげく母に相談してみたところ、結婚式のことなら雅貴さんと二人で決めたほうがよいとのことだった。

そこでわたしは、成人式を三日後に控えた夜、仕事帰りに家に寄ってくれた雅貴さんに思い切って相談してみたのである。

「成人式で結婚報告？　友だちに？」

そう問い返しながら、雅貴さんは手土産に持ってきてくれたケーキの箱をわたしの部屋の机の上に置く。家庭教師をしてくれていたときみたいに、机の横に彼用の椅子を引き寄せて座り、ケーキの箱を開け始めた。

「いいんじゃないか？　人数の関係で、式に呼べない友だちもいるだろうし」

「んー、そうなんですよね……あ、他にも報告したい人がいる場合は、葉書とかを出せばいいですか？」

「結婚報告の葉書は大量に用意するし、送りたい相手を教えてもらえれば、すべてこちらで手配するから」

「そう……ですか？」

わざわざ書き出さなくても、名簿などで該当者に丸を付けて出してくれればいいと言われる。ずいぶんと楽なんだな……。けど、本来は自分でする作業なんだよね。

「ほら、今日のケーキは力作だぞ。新年の和ケーキを愛衣がすごく褒めていたと言ったら、うちの若いパティシエが泣くほど喜んで、張り切って会社まで届けてくれたんだ」

そう言って、目の前に出された色とりどりのかわいいプチフール。

宝石みたいに鮮やかなケーキが、仕切りの付いたケースにひとつひとつ並べられている。

しかもこのケースがプラスチックなどではなく、大理石ふうの模様を入れた乳白色のセラミックだったりするから、高級感が半端ない。

見た目だけで心躍らずにはいられないはずなのに、考え事をしていたせいで反応が遅れてしまった。

するとそれをおかしく思ったのか、雅貴さんに顔を覗きこまれる。

「どうした？　愛衣がケーキを見て笑わないなんて、どこか具合でも悪いのか？」

お菓子で釣られる子どもですか、わたしは。

「いえ、なんだか、申し訳ないような気がして」

「申し訳ない？　なにがだ？」

「だって、そういう葉書を出したりするのも、本来なら自分でやることでしょう？　それなのに、全部お任せしちゃって……」

雅貴さんは、プチフールのケースを机に置き、両手でわたしの頭をゆっくりと撫でる。

なんだか頭部全体を触られているようでおかしな気分。ほわっと、頬が温かくなる。

「愛衣は、遠慮深いな。そんなことは気にしなくていいんだよ。俺たちに代わって準備をしてくれるのが、サロンスタッフの仕事なんだ。彼らは報酬と引き換えに仕事を行っている。もし愛衣が、『申し訳ないから自分でやる』なんて言ったら、そのぶん彼らの報酬が減ってしまうだろう？」

どうだ？　と、優しく諭すみたいな雅貴さんの言葉。

「……減るのは……、嬉しくないですよね」

「そうだな。だから、黙って彼らに任せておこう。愛衣は当日の衣装合わせや大学の後期試験の準備で忙しいだろう」

「はい……」

なんとなく言いくるめられてしまった感はあるものの、雅貴さんの言うことにもうなずける。

それに、こうしていろいろ手配してくれているのは、雅貴さんの優しさだと思うから。

わたしは気持ちを切り替えて、綺麗に並んだプチフールの中からリンゴのタルトをつまみ上げ、雅貴さんに笑いかけた。

「ありがとうございます。なんだか自分の結婚式なのに、今も全然実感が湧いてこなくて……親しい友だちで結婚した人なんかまだいないし」

ぱくりとひと口かじると、雅貴さんの手が再びわたしの頭を撫でる。

「出席してくれた友だちが、愛衣を見てすごく綺麗でよかった、自分もこんな結婚式がしたい、そう言ってくれる式にできたらいいな」

「はい。ちょっと照れちゃいますけどね」

照れ笑いを浮かべながら、わたしは美味しいプチフールをパクパクと食べ進める。

「そういえば、披露宴に呼ぶ人は決まったのか？」

「あー、それが大学のゼミでお世話になっている先生や仲良くしている人も多いから、男女ちょうどよく呼ぼうと思うと、それだけで友人席がいっぱいになりそうで……。

ずっと悩んでたけど、高校の友だちは諦めようと思って」

プチフールに心を奪われつつ口にすると、頭を撫でる雅貴さんの手がピタッと止まった。

「……式に呼ぶのは、女の子の友だちだけにしてほしい」

「え？」

意外なことを言われてキョトンとするわたしに、雅貴さんは話を続ける。

「お世話になっている先生や男の友人には、後日挨拶の葉書を出せばいい。式に呼ばなくても失礼になるなんてことはないから、心配しなくて大丈夫だよ」

「あの……でも」

「それなら高校のときの、親しかった女の子たちを呼べるだろう？」

「どうして……式に招待するのは女の子だけなんですか？」

「ああ、実はこちらの招待客が、会社や取引関係の人間が多くて地味なんだよ。愛衣の友人席に若い女の子がいっぱいいたほうが、会場が華やかで明るい雰囲気になっていいんじゃないかと思ったんだ」

理由を知って、ぷっと噴き出してしまった。確かに、会社関係の人が多ければ堅苦しい雰囲気になるだろう。

「それに……」

明るい口調がしっとりとしたものに変わる。雅貴さんの指先がわたしの頬を撫で、色っぽい眼差しが目の前に近づいた。

「男なんか招待して、花嫁を奪われたら大変だろう？」

チュッと、彼の唇がおでこに触れる。唇が離れた瞬間、ボッと顔が熱くなった。

「な？」

なんの確認？　なんの確認ですかっ⁉　顔どころか耳まで熱くて、顔なんかきっと真っ赤だけど下を向くことも目をそらすこともできない。

指先が頬に触れているから、ではなく、雅貴さんの視線が脅迫的なほど熱っぽくて、そらしちゃいけないっていう気にさせられる。

恥ずかしいからそらしたい……でも、この雅貴さんを見ないのはもったいなさすぎる‼

暴力です！　これは色気の暴力ですよ‼

「わ……わっ、わかりましたぁっ。じゃあ、出席してくれる友だちには、成人式並みに着飾ってきてくれってお願いしておきますっ！」

ドキドキしすぎて心臓が口から飛び出しそうだ。そのせいか少々つっかえつつ、わたしはなんとか言葉を返す。大人の色気というものに白旗状態のわたしを知ってか知らずか、雅貴さんはにっこりと微笑んだ。

「それは華やかでいいな。悪い大人が近寄っていかないよう、監視役を立てておかなくてはならないかもしれない」

それは助かるかも。女友だちのことを考えれば嬉しい配慮だと思う。

雅貴さんの提案に、わたしは笑顔でうなずいた。友だちのためにも、こういうところはしっかり頼んでおかなくちゃ！

そうしてわたしは、再びプチフールのケースに手を伸ばす。

「あっ、レアチーズが二種類ありますよ。雅貴さん好きでしょ？　どっちにします？」

顔を向けると、雅貴さんがなにかを考えこむみたいに眉を寄せている。

……どっちにしようか悩んでいるのかな。雅貴さん、レアチーズケーキ好きだもんね。

両方雅貴さんが食べてもいいのに。

やがて、彼はわたしを見てにこりと微笑んだ。

「成人式の日、式典が終わったら二人きりでお祝いをしないか。せっかくの晴れの日だし、その日は俺にエスコートさせてくれ」

二人きりでお祝いという言葉にときめいたわたしは、二つ返事でＯＫし、レアチーズケーキを二つとも雅貴さんに渡したのだった。

成人式当日。

わたしは母の行きつけの美容室に、着付けと一緒にメイクとヘアセットの予約を入れていた。

しかし雅貴さんの勧めもあり、それらを西園寺家でしてもらうことになった。

わざわざ自宅まで迎えに来てくれた雅貴さんに連れられ、わたしは久しぶりに西園寺家を訪れる。

「いらっしゃーい、愛衣ちゃんっ。もぉー、相変わらずかわいいわねぇ～」

何度来ても恐縮してしまうくらい立派な西園寺家の玄関でわたしを迎えてくれたのは、雅貴さんのお母さんだった。

今までは「貴和子（きわこ）さん」と呼んでいたのだけど、これからは「お義母（かあ）さん」と呼んだほうがいいのかな。

「こ、こんにちは、貴和子さ……ぁ、お、お義母（かあ）さん。あの、今日はお世話になります」

少々照れ臭く感じつつ頭を下げると、いきなり貴和子さんにぎゅむっと抱きしめられた。

「かわいいわぁ～。でも、なんだか硬いわねぇ。呼びづらかったら今までどおりでいいのよ？　愛衣ちゃんに緊張されると私も寂しいわ」

「はっ、はい、すみませ……」

二十歳で雅貴さんを産んだ貴和子さんは、すごく綺麗な人だ。アラフィフとは思えないほどスタイルがよく、白くて張りのあるお肌をしていらっしゃる。

……ちょっと、羨ましいくらいだ。きっと、こういう人のことを世間では、美魔女というに違いない。

抱きしめられたまま、ボリュームのある胸の谷間に顔を押しつけられていたわたしは、溜息とともにそこから引き剥がされた。

「お母さん、駄目ですよ。愛衣は俺のです」

すぐ後ろにいた雅貴さんに肩を抱き寄せられる。貴和子さんの前でくっついていることにも照れるが、彼のセリフにも照れてしまった。

「いいじゃない。私の娘よ？」

「俺の、妻です。愛衣はお母さんのオモチャじゃないんですからね」

「もー、ケチねぇ」

「いまだかつて、従業員にだってケチと言われた覚えはありませんよ」

二人のやり取りに、笑いたいのをグッとこらえる。だって、雅貴さんがすっごく真面目な顔で言い返しているのがおかしいんだもん。

「式典は午後一時半からなので、軽く昼食をとってから始めましょう。お母さん、お願いしていた件は？」

「大丈夫よ。みんなばっちり待機しているわ」

「わかりました」

二人でなにかを打ち合わせ、雅貴さんはわたしの肩をポンッと軽く叩いた。

「行こう。少し早いが、まずは昼食だ」

「あ、はい。……でも、あまり食欲がないんですが」

「緊張しているのかな。そんなに長い式典ではないが、食事はしておいたほうがいい。食べられる分だけでいいから」

「はい、そうします」

わたしが素直に返事をして笑いかけると、雅貴さんも満足げに微笑み返してくれる。それが嬉しいというか、照れるというか、くすぐったい。

「じゃあ、あとでね、愛衣ちゃん。楽しみだわぁ、みんなに張り切ってもらわなくちゃっ」

意気揚々（いきようよう）と広いエントランスホールを歩いていく貴和子さんを見送ってから、雅貴さんに目を向けた。

「あの、雅貴さん？　張り切ってもらうみんな、って……」

「愛衣の準備係だ。母さんお薦（すす）めのメイクアップアーティストやヘアデザイナー、スタイリスト、もろもろを揃えてもらった」

ええっ、なんですかそれ。

いつもお洒落(しゃれ)な貴和子さんお薦(すす)めなんて、すごい人たちなんじゃないですか⁉

「カメラマンも待機させている。今日のためにイタリアから呼び寄せた、新進気鋭のカメラマンらしい。この仕事が上手(うま)くいけば結婚式のときも契約することになっているから、張り切って仕事をしてくれるだろう」

イタリアって……さらに、すごいんですけど……

雅貴さん、というか西園寺家の人たちが、そういうすごいことを平気でできる人たちなんだって、わかっているようでわかっていなかったのかもしれない。

これから起こるらしい未知の体験を思い、わたしの緊張はいやでも高まってくる。

西院寺家のシェフ特製ランチは、半分も喉を通らなかった。

今日は朝から雲ひとつない晴天だ。

きっと新成人の晴れ男と晴れ女が、タッグを組んで頑張ったに違いない。

成人式の式典が行(おこな)われる建物の前庭や駐車場には、新成人たちがたむろしてにぎわっていた。

そんな中、いきなり超高級リムジンが登場したものだから、周囲は一瞬にして静まり返った……ようだった。

なぜハッキリわからないかといえば、その車内に乗っていたのが雅貴さんとわたしだったからだ。

着物やスーツに身を包んだ新成人、その親兄弟らしき人たちが、目を丸くしてわたしたちの乗る車を目で追ってくる。駐車場内なので速度もゆっくりのため、なんだか見世物になった気がして恥ずかしい。

そうだよね。こんなところに、いきなりＶＩＰが乗るような高級外車が現れたら、そりゃあ誰だって見るよね。

わたしは窓から目をそらし、チラリと隣に座る雅貴さんを見る。すぐに目が合ってにこりと微笑まれ、そのカッコよさに思わずドキリとして下を向いてしまった。

すると、膝に置いていた手を横からキュッと握られて、またもやドキッとする。

「どうした？　緊張しているのか？」

「緊張……もしますけど……。なんか、すごく注目を浴びているみたいで……」

「ああ、珍しいことじゃない。気にしなくてもいい」

しますよっ！

そりゃあ、雅貴さんは注目を浴びることなんて慣れているんでしょうけど。

わたしは、ごくごく平凡な女子大生なんです！

そうこうしているうちに、車は会場の入り口に近い通路に停まる。エンジンが止まると同時に、運転手さんとボディガードの男性が先に降り、運転手さんが恭しく後部座席のドアを開けてくれた。

まずは雅貴さんが降りる。着物の裾を気にしつつわたしがお尻をずらして降りる準備をしていると、スーツ姿の男性二人が会館のほうから小走りでやってくるのが見えた。

「西園寺社長、お待ちしておりました」

男性二人のうち、三つ揃えのスーツを着た初老の男性がにこやかに声をかける。わたしに手を差し出そうとしていた雅貴さんの視線が、そちらに向いた。

「おや、お待たせしてしまいましたか？　まだ約束の時間まで一分ありますよ」

すっごい笑顔だけど、それは意地悪ではないんですか？　雅貴さん。

焦って相手の男性に目を向ける。男性は取り繕うようにネクタイをグッと締め直し、喉を鳴らした。

「こ、これは失礼しました。いつ社長がいらっしゃるかと楽しみにしておりましたもので。新年会以来ですね」

「ええ。その節は最後までおつきあいできず失礼いたしました」

「とんでもありません。西園寺社長にご出席いただけただけで光栄でしたよ」

年齢だけを考えるなら、二人は親子ほど差があるんじゃないだろうか。なのに、初老の男性のほうが終始低姿勢だ。

……なんだろう、この人どこかで見たことがあるような気がするんだけど。

車から出られずにいるわたしの前に、雅貴さんの手が差し出される。ありがたく彼の手に掴(つか)まり車を降りると、どこかから「あっ、愛衣!?」と、素っ頓狂(すとんきょう)な声が聞こえた。咄嗟(とっさ)に声のしたほうへ目を向けると、同じ大学の友だち数人が驚いた顔でこっちを指さしている。

そりゃあ、わたしがこんなすごい車から出てきたら驚くよね……。わたしは苦笑いしかできないまま目をそらす。

「こちらが、社長が言っていらした方ですね」

男性がわたしに笑いかけ、確認するように雅貴さんを見る。雅貴さんはゆっくりとうなずいて、わたしの背に手を添えた。

「席のほうは？」

「はい、ホールのボックス席をご用意しております。専用の入り口からお入りください」

「ありがとうございます。市長」

危うく変な声が出そうになった……。なんとか声はこらえたものの、目が真ん丸になってしまう。

どっかで見たことがあるはずだよ！

この男の人、市長だ!!

こんな大層なお出迎えもそうだけど、席ってなに⁉ ホールのボックス席って⁉ わたし、普通の座席で式典に参加するんじゃないの？ 聞いてないんですけど！

驚きのあまり立ち止まってしまいそうなわたしの背を押し、雅貴さんは会場の中へ足を進める。ボディガードさんが後ろからついてくるんだけど、進行方向にはたくさんの警備員さんが立っていて、誰一人としてわたしたちに近寄ってこられない状態になっていた。

す……すごい……。

なんだか重要人物になった気分というか、どっかの国のお姫様みたいな扱いじゃないですか。

……そうとでも思わなきゃ、頭が混乱しておかしくなってしまいそうだ。こんな普通ではない扱いを受けて、緊張しないわけがないじゃない……。

ただでさえ着物で歩きづらいのに、なんだか足が震えてきた。雅貴さんが手を添えてくれていなきゃ、きっと転んでしまっている。

ま、まさかこんなことになるなんて……。わたしの感覚では想像もつかなかった世界だ……。

中へ入るとロビーも新成人で溢(あふ)れ返っていた。けれど、わたしたちの前には警備員さんたちがずらっと壁になって立ってくれていて、専用通路のように移動がスムーズだ。

　式典の行われるホールは一階だけど、なぜかわたしたちは二階へ案内される。雅貴さんに促されるまま、ふかふかと踏み心地のいい絨毯を踏みしめ階段を上がり始めると、小さく名前を呼ばれた。

　見ると〝気づいて！〟とばかりに手を振る大学の友だちの姿が目に入る。

　思わず足を止めると、それに気づいた雅貴さんも足を止めた。

「友だちかい？」

「はい、大学の……。あの、ちょっとだけ話をしてきてもいいですか？」

　雅貴さんは無言で友だちのほうを見ていたが、すぐにわたしを見て微笑み、快くうなずいてくれた。

「女の子ばかりか……いいよ、行っておいで。でも、式典開始の時刻が近いから、あまり話しこまないようにするんだよ？」

「はい、わかりました。結婚式のことも伝えてきます」

　そう言うと、雅貴さんの顔がさらににこやかになる。わたしは彼から離れ、友だちのところへ向かった。

　動きを察した警備員さんが、下で手を振っていた友だち三人を近くまで誘導してくれる。周囲の注目を集める中で話をするというのもおかしな気分だが、せっかくの日に直接言葉を交わせないよりはいい。

「な……なんか、すごいことになってるけど、……事情は聞かないほうがいい感じ？」

三人を代表するように、仲の良い碧が声を潜めて聞いてくる。他の二人も、神妙な表情で「うんうん」とうなずいていた。

「ごめんね。なんだかゆっくり話せない感じで。あの……一緒に来た男の人に送り迎えをしてもらうことになってたんだけど、まさかこんなことになるとは夢にも思わなくて……」

「あの男の人、見るからにただ者じゃないって感じだけど……大丈夫？」

さらに声を潜めた碧たちに、心配そうな目を向けられる。

無理もない……。確かに雅貴さんは、ただ者じゃないオーラが漂っている人だしね。それに庶民オーラ全開のわたしが高級リムジンなんかで現れて、市長のお出迎えを受けたあげく、この警備員さん総出の厳戒態勢だもんね。

驚かないわけがないし、心配しないはずもない。

事情を説明しても信じてもらえないかもしれないけど、説明しないわけにもいかない。結婚式に招待する都合だってあるんだから。

「うん……あの、わたしね、あの男の人と来月結婚することになったんだ……。お、幼なじみなんだけどね。実はあの人、大きいホテルチェーンの社長で……。そのせいか、なぜかわたしがこんな扱いに……」

いろいろ省いた説明ではあったが、必要なことは伝わったらしい。三人は同時に目を大きくし、次の瞬間、碧がガシッとわたしの両肩を掴む。他の二人もググッと詰め寄ってきた。

こんな状況でなければ、きっと驚きとも喜びともつかない歓声が辺りに響いていたに違いない。

しかし、いかんせんこの状態では、それをやるのははばかられる。

三人は笑うのを必死にこらえたような顔でうなずく。碧にいたっては、わたしの肩を興奮して何度も叩いた。

「す……すごくいろいろと聞きたいんだけど、でも……どうしよう……。あっ、そうだ、愛衣さ、式典が終わったあとの集まりに来られる？」

さっきまで周囲を気遣って小さかった碧の声は、興奮で少々大きくなっていた。

「聞いてみないとわからないけど、少しくらいは顔を出したいな」

「待ってる。来られたらおいでよ」

「ごめんね、ゆっくり話ができなくて」

「いいよ、いいよ。もし来られなくても、お姫様みたいだったねー、って愛衣をネタにみんなで盛り上がるから」

「お……お姫様って……」

「ほら、王子様が待ってるから早く行きなよ。なんか、このまま愛衣を引き留め続けてたら手打ちにされそう」

手打ち……は、王子様はしないような気がするけど。

苦笑しながら手を振って三人と別れ、雅貴さんのところへ戻る。彼は終始柔らかな微笑みでわたしを見ていた。

急いで戻る……つもりが、着慣れない着物のせいで上手く歩けない。裾が狭いので歩幅が小さく、階段を上るのも一苦労だ。

それを察したのか、雅貴さんが階段を下りてくる。そして迎えに来たよと言わんばかりにわたしの手を取り、一緒に階段を上がり始めた。

「すみません、お待たせして。あの、報告、してきました」

「式のあとに、みんなで集まる予定があったのかい？」

どうやら先ほどの会話は雅貴さんにも聞こえていたらしい。興奮した碧の声が大きくなっていたので当然かもしれないが。

「はい。みんなで乾杯して近況を話すくらいの集まりですけど」

一人だったら出席してもいいかなと思っていた。

ただ、式典が終わったら二人でお祝いをしようって言われている。もちろんそちらを優先するつもりだけど、ほんの少しだけ顔を出せないだろうか。わたしはおそるおそる聞いてみた。

「あの……、少しだけ、顔を出してきてもいいですか？　『久しぶりー』って、ちょっと挨拶してくる程度に……」

「さっきの友だちみたいな子ばかりが来るのか？」

「大学と高校の友だち、かな？」

「場所は？」

「この先のビルに入っているピザ専門店です。一階は普通席だけど、二階にパーティールームがあって、まとまった人数で予約ができるんです」

「そうか。若者っぽくていいな。俺も大学生のときは、仲間と夜中まで居酒屋で飲んでいたこともあったっけ。……懐かしいな。今はもう、そんなこともできないけれど」

ちょっとはにかんだ笑みを浮かべる雅貴さん。それを見た瞬間、息が詰まって胸の奥が熱くなった。

うわぁ……雅貴さん、かわいいっ！

いや、かっこいい!!

かわいくてかっこいいって、なんなの!?　ちょっと、反則ですよ！　不意打ちでそんな笑顔見せちゃいけません!!

――音を立てて胸を撃ち抜かれた。

どうしよう……胸が……すごくドキドキしてる。きゅんとする以上の衝撃って、なんて表現したらいいの!?

雅貴さんは、本当に素敵な人だ……

わかりきっていることだけど、それを確認するたびに嬉しくなる。わたしは本当に、こんな素敵な人のお嫁さんになれるんだ。

ふわふわした気持ちで歩いていくと、警備員さんがドアを開けてくれる。そこはバルコニーみたいになっていて、上から会場内を見渡せた。座り心地のよさそうな大きい椅子が二つ並んでいる。

すごいVIP待遇だ。これって、間違いなく雅貴さん効果だよね。

わたしの手を引いて、雅貴さんが椅子に座るよう促してくれる。着物の前合わせが崩れないように意識してそっと座ると、彼がわたしに覆いかぶさるみたいに上体をかがめた。

「愛衣」

「はい？」

何気なく返事をした次の瞬間、雅貴さんの唇がチュッとわたしの唇に触れる。

一瞬の間をおいて慌てだす思考。汗が噴き出そうなほど顔が熱くなって、動揺のあまりお尻をもぞもぞ動かしてしまった。

こ、ここで、いきなり、びっくりですよ、雅貴さんっ⁉

「集まり、行っておいで」

「え？　……いいんですか？」

雅貴さんの言葉に、思わずわたしは上擦った声を出してしまった。

「実は、式典のあと、少し仕事で顔を出さなくてはいけない場所があるんだ。そのあいだ、愛衣には車で待っていてもらおうと思っていたんだが、それなら友だちに会ってきたいだろう？」

「雅貴さん……」

「用事が終わったら迎えに行く。三十分くらいだが、それでもいいかな？」

「はい。ありがとうございます」

弾んだ声でお礼を言うと、微笑んだ雅貴さんに、頭をポンポンされた。

雅貴さん優しい。ほんっと優しい！　大好き！

嬉しくなったわたしは、ちょっと身を乗り出して彼に顔を近づけた。

「雅貴さんっ」

「ん？」

「お礼です」

高速で彼の頬にキスをして、パッと離れる。こんな大胆なことをするのは初めてだ。

自分でしておきながら、じわじわと恥ずかしくなってくる。

驚いたみたいにちょっと目を見開いた雅貴さんは、すぐにふっと柔らかく微笑んだ。

「どうしよう。嬉しくて、今すぐ愛衣を抱きしめたいな」

「それは……今は……あの……」

いくらボックス席とはいえ、後ろにはボディガードの人が立っているし、警備員さんもいる。さらに、一階からは物珍しげに見上げてくる人たちもいた。

すると、隣の席に座った雅貴さんが顔を近づけてきて、耳元でこそりと囁く。

「あとで、二人きりになったら、ぎゅっ、て抱きしめていいか？」

そんなこと言われたらドキドキしてしまう……。胸が苦しいのは、きっと帯がきついからだけじゃない。

恥ずかしいけど、この羞恥心というものがまた幸せで……

「……はい」

小声で返事をしたとき、式典の開始がアナウンスされた。

式典後、お仕事に行くという雅貴さんと別れて、歩いてみんなの集まるお店に行くつもりだった。

そんなに遠くないし、歩いても十分くらいだ。

しかし……

「着慣れない着物で十分も歩かせるわけないだろう。足が痛くなったらどうする」

と雅貴さんに力説されて、仕事に向かうついでに車で送ってもらうことになったのである。

それにしても雅貴さん、心配性だなぁ。

でも、心配されるのが気持ちいいというか、嬉しいというか、変な気分。

車で送ってもらったとはいえ、わたしの到着は開始時刻から三十分以上遅れてしまった。

雅貴さんの用事に合わせて会場を出たというのもあるが、式典終了後、挨拶（あいさつ）に来た市長と話したり、駐車場の混雑を避けたりしていたからだ。

パーティールームになっているピザ専門店の二階は、階段を上がってすぐにフロアが広がっている。階段の途中から、にぎやかな声が聞こえてきた。

「あーっ、愛衣っ！　よく来られたね！」

着物の裾を気にしつつ階段を上りきったわたしを最初に見つけたのは碧だった。

「うん。三十分くらいだけど行ってきていいよ、って」

「おー、王子優しいじゃない」

碧に手招きされて、彼女のいるテーブルへ向かう。すると、同じテーブルのみならず、隣のテーブルの女の子までもが一斉に声をかけてきた。

「びっくりしたよ、結婚するって⁉」

「で？　あの王子様は誰なの⁉」

「めちゃくちゃイイ男じゃない！　それに、イイトコの社長さんなんだって⁉」

「なに？　玉の輿？　なにそれ、いつの間に！」

「あー、でもでも、なんかわかんないけど、おめでとう！」

「そうだ、おめでとう、愛衣！」

「おめでとー‼」

相手のことを根掘り葉掘り……の雰囲気から一転、急に祝福ムードが盛り上がる。

わたしの結婚話をネタに……と碧が言っていたことを思い出す。きっと、すでに結婚についての話がされていたのだろう。他のテーブルからも「おめでとう」の声が聞こえてきた。

「あ、ありがとう」

照れつつみんなにお礼を言うと、碧が浮かれた調子でわたしの肩をポンポンと叩いた。

「まさか、愛衣が一番最初に結婚するなんてね～。しかも、あんな王子様みたいな相手となんて、羨ましいっ」

「そうだよ〜。もう、ひたすらビックリした」

「一番男っ気がなかったくせにねぇ」

そう言われると返す言葉もない。でも、幼なじみでずっと家庭教師をしてくれていた雅貴さんが、いつもそばにいたんだから、まったく男っ気がなかったわけじゃないと思う。

まあ、雅貴さんが近くにいることで、彼氏が欲しいと思ったこともなければ、他の男の子に目がいくこともなかったのは確かだけど。

「マジかぁ〜。一回くらいデートしてもらっておけばよかったぁ」

「とにかく、乾杯、乾杯」

他のテーブルから、同じゼミの男子が駆け寄ってくる。空のグラスを渡されて、綺麗な色の炭酸を注がれた。

なんだろう。見るからにビールではないけど。

くんくんと匂いを嗅ぐと、甘い香りがした。

ジュースかな？　それにしては、カッコつけた瓶だったような気がするけど。

そんなことを考えているうちに、周囲はすっかり乾杯ムードになっていた。

「愛衣、結婚おめでとう！」

碧の声に続いて、重なる「おめでとう」の声と「乾杯！」の音頭。わたしは、次々とやってくるみんなと乾杯しつつ、グラスに口をつけた。

あ……、甘くて美味しい。

すごく飲みやすくて一気に半分近く飲んでしまった。すぐに、追加を注がれる。

「でもさぁ、冬休み前までそんな話、一言もしてなかったでしょう？　いつ結婚が決まったの？」

「それ聞きたいっ。プロポーズとかってあったんだよね。いつ？」

「っていうかさ、結婚相手ってなにやってる人？」

矢継ぎ早に飛んでくる質問は、やっぱり結婚についてだ。そりゃあ聞かれるだろうとは思っていたけれど、なにから話したらいいものか。

グラスに口をつけながら、周囲を窺う。親しい人たちは興味津々でテーブルに集まっているけれど、その他の人たちは自分のテーブルでお喋りを始めていた。

誰かとつきあった経験なんてないから、自分の特別な相手の話をするなんて初めてだ。なんて照れくさいんだろう。

緊張して渇いてくる口の中を甘い炭酸で潤しつつ、わたしは碧に顔を向けて話しだした。

「ほら、幼なじみに家庭教師をしてもらっているって話したことがあるでしょう？　その人なんだ」

「愛衣の家庭教師をしてくれてる人って……。スッゴク年が離れてなかった？」

「スッゴク……って。それほどじゃないよ。十歳だもん」

「スッゴクじゃない」

「そうかな？」

そうなんだろうか。ずっと雅貴さんが当然のようにそばにいるから、感覚がマヒしているのかもしれない。

「でも、もっとすごいのは、あんな大人の男の人にプロポーズされたってことだよね。いつ言われたの？　やっぱり『結婚しよう』って？」

碧が「結婚しよう」のところを男性っぽく声を変えて言った。

周囲が笑い声を上げるので、わたしもつい笑ってしまって気持ちがなごむ。グラスが空になると、「まぁ、どーぞどーぞ」と新しく注がれた。

「誕生日の日に。その、彼と一緒にご飯に行ったんだけど、まさかわたしもプロポーズされるとは思ってなくて……」

「誕生日かぁ。なんか、記念日を狙いました、って感じ」

「そう、なのかも。だって、雪の中のイルミネーションが綺麗でね。あんな中で言われたら、気持ちもふわふわするって」

「雪の中のイルミネーション？」

「うん」

「愛衣の誕生日ってクリスマス・イブだよね？　その日に、雪なんか降ったっけ？」

「え？」

「違う日にお祝いしたの？　あれ……でも、雪かぁ。年末に降った日なんてあったっけ？」

不思議そうにする碧を見ながら、わたしのほうが不思議になる。

プロポーズをされたのは、間違いなくわたしの誕生日、クリスマス・イブだ。あのとき、イルミネーションの光を反射して雪がキラキラ輝いていた。それがすごく綺麗だったから、今もしっかりと目に焼き付いている。

もしかして、あの場所にだけ降ったのだろうか。雨だって、ときどき一部の地域にだけ降ったりする。あのときの雪も、それと同じだったのかもしれない。

そんなことを考えていると、いつの間にかグラスが満杯にされる。話しながら飲んでいたので、もう誰が注いでくれたのかわからない。

「クリスマス・イブのイルミネーションといえば、駅前公園が一定時間立ち入り禁止になってたの知ってる？」

碧の横に立っていた女子が思い出したみたいに口を開く。「なにそれ」と碧が反応すると、他の子も「あ、知ってる」と声を上げた。

「クリスマス・イブの夜八時過ぎごろらしいけど、駅前公園の一角が立ち入り禁止になったんだって。それで、スキー場で見るような大きな降雪機が運ばれてきたり、イベント表に記載のない花火が上がったり……。なんかのドラマの撮影でもあったんじゃないかって話だったけど……」

「へーぇ、大掛かりだねぇ。それにしたって、わざわざクリスマス・イブにやる？　他の日にしたらいいのに」

「そうだよね。イルミネーションが綺麗だから、あそこをデートコースに入れていたカップルもいたんじゃない？　びっくりしただろうね」

「でも冬に花火なんか上がったら、それだけでカップルのお手伝いになったかも」

笑い声が上がる中、わたしは嫌な汗が出てくるのを感じた。

時間といい、内容といい、あの日のことに間違いない……。

でも、立ち入り禁止って、どういうこと？

あのとき、公園内に人がいないとは思っていた。

もしかしなくとも、わたしたちがいたのは、その立ち入り禁止区域内ということ？

雅貴さんは、それを知っていて、わたしをあの場所へ連れて行ったのだろうか。

……冷静に考えれば、確かにおかしいのだ。

クリスマス・イブのあの時間に、あんなに人通りの多い場所に人がいないはずがない。

あの夢のようなシチュエーションは、もしかして雅貴さんがわたしへのプロポーズのためにあらかじめ仕組んでいたもの……？

考えれば考えるほど冷や汗が出てくる。

こんなこと、言えるわけがない……

あの日の立ち入り禁止の理由。降雪機の謎や、冬に上がった花火。

——それをした人間が、わたしの結婚相手かもしれないなんて。

なんだか混乱してきて頭がクラクラする。目の前がぼやけて、熱いような冷たいような汗が流れてきた。

グラスに入った冷たい液体を喉にとおすものの、ちっとも味がわからない。

「愛衣？　どうしたの？」

わたしの様子がおかしいことに気づいたのか、碧が手を伸ばしてくる。でも、それが届く前にわたしの手からグラスが落ちた。

「愛衣!?」

ぐらぐらして、とても目を開けていられない。

急に視界が暗くなったと思った瞬間、世界が回って……

わたしの意識はぷつりと途切れてしまった……らしい——

──目を覚ましたとき、自分がどこにいるのかわからなかった。

ふわふわしているので、おそらくお蒲団(ふとん)の上……かもしれない。

ただ、目に映ったのが見たこともない天井、いや、布……というか装飾品……？

なんだ、これ？

「気分はどうだ？　愛衣」

耳に入ってきたのは雅貴さんの声。そして、心配そうにわたしを覗(のぞ)きこんでくる彼の顔が見えた。

「……雅貴、さん？」

「ああ。どうだ、頭痛はしないか？　吐き気は？」

「いいえ、特に……」

寝ていたからか、気分は悪くない。倒れる前は目が回って、冷や汗が出たりして酷かったけれど、今はすっきりしていた。

意識がハッキリしたせいか、自分の状況を認識し始める。

どうやらわたしはベッドに寝かされているようだ。それも、おそろしく大きなベッド。さっき目に入ったなんだかよくわからない天井は、ベッドの装飾の一部らしい。そこから薄い布がドレープを作って、ベッドを囲むように垂らされている。

なんというか、物語の中でお姫様が寝ているベッドみたいだ。

わたしが呆気にとられていると、雅貴さんがベッドに腰掛け心配そうに顔を近づけてきた。

「やっぱり具合が悪いんじゃないのか？　二日酔いの薬を用意しようか？」

「い、いいえ、具合は……、え？　二日酔い……？」

慌てて否定するものの、ふと疑問が生まれる。

二日酔い……とは？

「どんなに甘くて飲みやすくても、あの手のものには気をつけたほうがいい。一気に飲めば、酔いも回る。飲み慣れていなければなおさらだ」

「え……あの、わたしが飲んでいたのはジュースじゃ……」

「スパークリングワインだ。甘口の手軽なタイプだったようだから、風味も香りもジュースと変わらない。愛衣がわからなくても無理はないが」

なんと！　甘くて美味しいあれが、まさかアルコールだったとは。

ということは、あのとき熱いのか冷たいのかわからない汗が出たのは、気づいてしまった可能性に動揺したからではなく、酔いが回ったからということだろうか。

……いや、あの日の衝撃の事実も、確実に原因の一つだと思う。

「ボディガードを一人つけておいてよかった。愛衣が倒れてすぐに連絡が入ったから、その場で保護させたんだ」

「ほ、保護……ですか？」

「ひとまず店に別室を用意させて、そこに移させた。ああ、安心していい。十分もしないうちに俺が到着したから、別室にいたのは少しだけだよ。オーナー用の応接室らしいが、あんなところに愛衣を長くおいておけないからな」

開いた口がふさがらない……。というか、閉じられない。

えー、まとめるとですよ……。

わたしが、わけもわからずアルコールをがぶ飲みして倒れたあと、こっそりとついてきていたボディガードの人に保護されて、一人応接室に隔離されていた……ということですか？

なんというか、友だちの前で倒れてしまったのが恥ずかしいというより、こんなに至れり尽くせりな扱いを受けているのを見られてしまったのが恥ずかしい。

「すみません……。ご迷惑をおかけしました」

なにに落ちこんでいいかわからない。でもまずは、仕事中の雅貴さんに迷惑をかけてしまったことを謝った。そうしながら、ゆっくりと上半身を起こす。

そこでわたしは、もうひとつのとんでもなく恥ずかしい状況に気がついた。

着物が……脱がされている！

いや、長襦袢（ながじゅばん）は着たままだし、裸ってわけじゃない。けど、長襦袢（ながじゅばん）って着物用の下着なわけだし、知らないあいだにその状態にされてるって考えるとすっごく恥ずかしいんですけど！

雅貴さんが脱がせたんだろうか。

「あの、わたしの着物は……」

「ん？　あるぞ。心配か？」

わずかな苦笑いが妙に色っぽく感じて、ドキリとした。

そ、そんな顔もするんですね、雅貴さん……！

彼はそのままレースのような布の外へ出ていく。薄い布の向こうで、彼が着物用のハンガーからわたしの振袖を外しているのが透けて見えた。

それにしても、ここはどこなのだろう。

立派なベッドが置いてあるくらいだから、広い部屋なのは確かだけど、西園寺家の雅貴さんの部屋ではない。何度か入ったことがある雅貴さんの部屋には、こんなベッドはなかったはず。

もちろん、わたしの部屋でもない。

じゃあ、ここはいったい……

じわじわと不安な気持ちがせり上がってくる。

「ほら」

ぱさりと、わたしの肩から振袖がかけられる。びくりとして顔を上げると、雅貴さんがさっきと同じような苦笑いを浮かべてわたしを見つめていた。

「勝手に脱がせて悪かった。寝かせるのに帯が邪魔だったし、せっかくお義母さんが見立ててくれた着物が傷んだら大変だと思ってね」

「……いいえ……、かえって、面倒をかけちゃって」

どうやら雅貴さんにも、わたしがこの状況に戸惑っているのが伝わってしまったようだ。彼の言葉を聞いたら、すべて母やわたしを気遣ってしてくれたことだったとわかるのに。

一瞬でも、よこしまな気持ちを疑ってしまったことを、謝らなくてはならない。

「あの、雅貴さん」

「立てるか？　愛衣に見せたいものがある」

「え？」

謝ろうとした言葉を遮られ、雅貴さんがわたしの手をとる。彼に促されるままゆっくりとベッドから下りると、少しだけ足元がふらついた。

「おっと……、大丈夫か？」

咄嗟に身体を抱き寄せられる。ふわふわのベッドから下りた反動でぐらついただけだったんだけど、雅貴さんは体調のせいだと思ったのだろう。逞しい身体に抱きしめられ、わたしはかえってフラフラしそうなほど体温が上がったように感じた。

「歩ける？」

「は……はい、すみません……」

雅貴さんに肩を抱かれ、ぴったりと寄り添った状態で薄布の外へ出る。そこは広くて立派な寝室だった。そして、部屋のいたるところに花が飾ってあって、その華やかさにビックリする。

「あの、ここって、どこなんですか？」

おそるおそる口にした質問に、雅貴さんはあっさりと答えてくれた。

「ラリューガーデンズホテル・グランドジャパンの最上階。俺専用のプライベートスイートだ」

「ぷらいべーとっ……」

言葉に詰まった。専用のスイートルームだというのにも驚くが、グランドジャパンといえばラリューガーデンズホテルチェーンの中でも一番大きくて、海外にも進出している高級ホテルだ。

そこに、専用でこんな部屋を持っているなんて！

「す……すごい……ですね……」

「スペアキーを渡すから、愛衣も自由に使っていいぞ。この部屋には専用のヘリポートも付いているから、今度はヘリで来てもいいな」

「へ……へりぽ……」

なにがなんだかもう、スケールが大きすぎてどう反応したらいいのかわからない。

とりあえずは、ここが雅貴さん専用のスイートルームなんだ、ってことはわかった。

それにしても……プライベートスイート……。なんていうか、これまで二十年間、幼なじみとして雅貴さんを見てきたけど、そういった明らかに普通の人とは違う部分をまったく知らなかった。

今まで知らなかった彼を知れば知るほど、とんでもなくすごい人なのだと思い知る。

憧れの人との結婚を単純に喜んでいたけど、わたしなんかが本当に雅貴さんと結婚していいんだろうか。

「ほら、見てみろ、愛衣」

雅貴さんに声をかけられ、わたしはハッと我に返って目の前に意識を向ける。

そして、大きく目を見開いた。

「うわぁ、なにこれ!!」

思わず大きな声が出てしまい、雅貴さんにくすりと笑われた。

うう、ちょっと恥ずかしい……。でも、叫んでしまうのもしょうがないと思う。

寝室から出ると、とても大きな部屋が広がっていた。見るからに高級そうなソファーやテーブルが部屋の中央に置かれていて、その前にはびっくりするほど大きなテレビが設置してある。そのうえ、壁側にはバーカウンターまであった。

そんな部屋の中いっぱいに、花と風船が飾られているのだ！

部屋のいたるところに飾られた色とりどりの花。それこそ、床やソファー、テーブルやチェストの上、とにかくありとあらゆる場所に花が飾られている。

その量たるや、花屋さんを数軒買い取ってしまったのではないかと思うくらいだ。

そして、花と一緒に飾られている大小さまざまな風船。床に転がっているものもあれば、浮いているものもある。

形も丸、星、ハートといろいろあって、色合いも様々。けれど、花も風船も互いに存在を主張しつつ、互いを邪魔していない。むしろ、相乗効果でとても綺麗。

部屋の中が遊園地みたい。ううん、違う。もっとこう、なんていうんだろう……童話の世界に入りこんだような感じ？

「気に入ったか？　愛衣は昔からこういうのが好きだろう？」

気づかないうちに、顔がふにゃっと締まりなく緩(ゆる)んでいた。わたしのウキウキした気持ちが丸わかりなのだろう、雅貴さんの顔も満足そうだ。

背に手を当てられ、ソファーへ促(うなが)される。彼は手前で立ち止まり、待っていて、とでも言うみたいに人差し指を立て、ニヤリと笑った。

そんな顔をされたら、ドキドキする。なんだか悪戯っ子に驚かされているみたい。

鼓動が駆け足を始めるわたしに、雅貴さんはソファーの上に置かれていた大きな花束を手に取って差し出した。

「成人おめでとう。愛衣」

わたしは目を見開いて雅貴さんを見上げる。微笑みを浮かべる彼の表情は色っぽくて、鼓動が駆け足どころか全力疾走し始めた。

ずっと彼の顔を見ていたいけれど、恥ずかしくて見ていられない。わたしは花と彼を交互に見ることで、どうにか照れくささをごまかしたのだった。

「あ……あの……これはっ……」

「本当は、式典のあとすぐにここへ連れてきて、最初に渡すつもりだったんだ。いろいろあって、後回しになってしまったけどね」

「す、すみません……」

知らずにお酒を飲んで倒れてしまった気まずさから、顔が上げられなくなる。それにより、思いがけず目の前の花束が目に飛びこんできた。

うわー、薔薇だ。真っ赤な薔薇。いったい何本あるんだろう。

「薔薇……、すごくたくさんですね。これ、何本くらいあるんですか？」

こういうことを聞くのは、無粋なのかもしれない。でも本当に豪華で、わたしが受け取っていいんだろうか、と思ってしまう。

「百本だ。重いから、愛衣は持たなくていい。帰りも俺が持っていこう」

受け取ろうかどうしようか迷っているうちに、そう言われてしまった。中途半端に上げていた手を下ろし、わたしはちらっと雅貴さんを盗み見る。まともに見つめたら、このなんともいえない色っぽい微笑みに、撃破されてしまいそうだったから。

視線をさまよわせつつ、わたしはふと気になったことを聞いてみる。

薔薇の中に珍しい花が交じっていた。形からして、たぶんカーネーションだと思うけど、色が青い。ううん、紫っぽい青かな。

「この青いのって、カーネーションですか？」

「ん？　ああ、青いカーネーションは、『永遠の幸福』という花言葉を持っているんだ。そして、百本の薔薇には、『百パーセントの愛』という意味があるらしい。この組み合わせで、愛衣にプレゼントしたかった」

「雅貴さん、花言葉に詳しいんですか？」

「友人に生花流通商社の副社長がいる。かなり花言葉に詳しい男で、熱弁をふるって教えてくれた」

「さ……さようで……」

ハイソな人は、友人もハイソだ。

わたしは目の前の花をジッと見つめる。たくさんの薔薇は、大輪でとても綺麗。花びらが、まるでベルベットみたいだ。もしかしたら、普段花屋さんで見かけるものとはまた種類が違うのかもしれない。

ただでさえ冬は花が高価なのに。こんな大輪の薔薇なんて……

それを、花言葉のためだけに惜しげもなく百本も贈ってくれる人。

わたしはゆっくりと室内に視線を巡らせる。

たくさんの花。たくさんの風船。

広くて最高に豪華な部屋に、こんなサプライズを用意できる人。

成人式の式典会場でのＶＩＰ待遇。そして、クリスマス・イブの夜に行われたロマンチックすぎるプロポーズの裏側。

そんな、すごいことをさらりとやってのける人と、普通の大学生でしかないわたしが結婚？

――無理、じゃないだろうか……

胸が詰まる。今さらながらに気づいた現実に、息が止まってしまいそうなほど胸が苦しい。

雅貴さんに目を向けると、彼は変わらず素敵な微笑みを向けてくれている。

大人で優しくて、ずっと憧れ続けてきた大好きな人。

鼻の奥がツンッとして、視界が涙で歪んだ。

「愛衣？」

そのとき、わたしの変化に気づいた雅貴さんが声をかけてくる。花束をテーブルに置いて、わたしの顎に手をかけ顔を上げさせた。

「どうして泣いている？　嬉し涙なら俺も嬉しいが……どうせなら、笑ってほしいな」

笑いたい。笑いたいです……。でも、この情けなく歪んでいるだろう顔を笑顔にすることなんか、できません。

「やっぱり……無理です」

「なに？」

「わたしが、雅貴さんと結婚するなんて……無理です……」

こらえきれない嗚咽を漏らしつつ、わたしは泣き声で言った。

その瞬間、雅貴さんの眉がわずかに寄ったような気がする。怒ったんだろうか。そう思うと彼の顔を見ていられなくなって、わたしは両目をキュッとつぶった。

今さら現実に気づいて、こんなことを言うなんて……。怒られても仕方がない。

「雅貴さんはすごい人です……。地位もお金も名声もあるし、素敵でカッコよくて大人の男の人。わたし……小さいときから当たり前のようにそばにいてくれたから、雅貴さんがどんなにすごい人なのか意識したことがなかったんです……」

雅貴さんに比べたら、わたしは平平凡凡（へいへいぼんぼん）な人間だ。普通の大学に行って、学食のランチに百円でジュースをつけるかセルフのお茶で我慢するかを真剣に悩む、ごく普通の生活を送っている。

そんなわたしが、雅貴さんのお嫁さんだなんて……

「無理ですよ……。釣り合わない……」

「釣り合わないなんて、誰にも言わせたりしない。愛衣はなにも気にする必要なんてないんだ」

押しの強い一言にちょっと驚く。でも、わたしの気持ちは浮上することなく、沈んでいくばかりだ。

「愛衣はプロポーズにOKしてくれただろう？　愛衣も俺と同じ気持ちなんじゃないのか？」

「浮かれすぎていたんです……。雅貴さんに――ずっと憧れていた人にプロポーズされて。初恋の人にキスなんかされて、舞い上がらないはずないじゃないですか。突然で戸惑いのほうが大きいし、嬉しいのにどう気持ちを表したらいいかもわからなくて。でも……、浮かれちゃいけなかったんですよ。わたしと雅貴さんは、どう考えたって……」

わたしの言葉は途中で出なくなる。勢いをつけてぺらぺらと動く唇を、まるで「ストップ」と言っているかのように彼の指がふさいだのだ。

「愛衣は、なにが不安なんだ？」

彼の言葉はわたしに問いかけているものだけれど、唇に触れている指が気になって喋ることができない。

「結婚を喜んでくれていると思っていた。それこそ浮かれて、結婚式を心待ちにしてくれていると。俺も同じだ。愛衣にプロポーズするときも、今日だって、どれだけ浮かれていたか」

浮かれた雅貴さんなんて想像ができない。

でも、プロポーズのときの大仕掛けや、今日の過剰なVIP待遇が、浮かれていた証と考えるなら、あのやりすぎ感にも納得ができるかもしれない。

そっと唇から指が離れ、雅貴さんに促されてソファーに腰を下ろす。すぐ隣に座った彼が、わたしをジッと見つめてきた。

「愛衣の感じる不安は、立場が釣り合わないということだけ？」

なにかを探るような口調だ。彼はきっと、もっと違うなにかがあるはずだって思っているのかもしれない。

「二十年そばにいて、愛衣は俺のことをよく知っているはずだし、俺だって愛衣のことを誰よりわかっているつもりだ。性格も、食べ物の好みも、行動パターンも。相性だっていいし、そこに不安はないだろう？　おまけに愛衣は西園寺の屋敷をよく知っている。

結婚して住むことになっても、戸惑わないくらいには慣れ親しんでいるはずだ。そしてなんといっても俺の両親と仲が良くて、下手をすると俺よりかわいがられている」

　雅貴さんは最後のほうで少しだけ苦笑する。でもすぐに穏やかな表情に戻った。

「立場が釣り合わないなんて言って、愛衣を傷つけたりする人間はいないよ。この世界で、愛衣ほど俺の結婚相手にふさわしい女性はいないんだから」

「褒めすぎです……」

「そんなことないよ」

　雅貴さんはにこりと微笑み、膝の上で握りしめていたわたしの手に、大きな手のひらを重ねた。

「俺の妻、という立場に付随することに、不安を感じているんじゃないのかい？」

　わたしは視線を下げ、膝の上の手をより強く握りしめた。おそらくそれだけで、彼にわたしの気持ちがわかってしまっただろう。

　一度抱いてしまった不安は、どんどん大きくなり自分ではどうにもできなくなってしまう。

　自分と彼が釣り合わないと思ったのは本当だけれど、実際は、それとは違うことでとんでもなく不安になっていたのだ。

　こんなすごい人と結婚して、わたしは彼の奥さんとしてやっていけるんだろうか、って。

雅貴さんが言うように、西園寺家の人間になるという部分に不安はない。

けれど、彼の奥さんになるってことは、周囲からこのすごい人の妻として相応のものを求められるということではないだろうか。

知識も、行動力も。

つまり、わたしが妻としてきちんとした応対ができなければ、雅貴さんが笑われてしまう。雅貴さんが恥をかくことになるのだ。

彼が身を置いている環境は、わたしの人生ではまったく関わりのなかった別世界だ。

そんな世界で、わたしはやっていけるんだろうか。

――それが、不安で堪らない……

「なにがあっても、俺が支えていくから……っていうのでは駄目か？」

包まれていた手がキュッと握られる。わたしはおそるおそる顔を上げた。

目の前の雅貴さんは、真剣な表情でわたしを見つめている。

「学生の愛衣が戸惑うのは当然だ。俺の妻になるということは、同時にラリューガーデンズホテルチェーンの社長夫人として周知されることでもある」

改めて雅貴さんの口から言われると、一気に緊張が高まる。実感は湧かなくても、それが現実だ。

「わからないことがあったら俺が教えよう。迷うことがあったら一緒に解決策を見つける。愛衣がつらいと感じることがあったら、俺がそれを取り除いてやるから」

「……教えるとか、解決策とか……、勉強を教えてくれているときみたいですね……」

「そうだよ」

雅貴さんはクスッと笑い、握ったわたしの両手を自分の胸に当てた。

「俺が教えて、守っていく。俺と愛衣はずっと変わらない。幼なじみから夫婦になっても、ずっと一緒だ」

「雅貴さ……」

「この先もずっと、愛衣と生きていきたい。ただの幼なじみではなく、ちゃんと愛情を伝え合える夫婦という関係になりたい。だからプロポーズをした。そのことで愛衣が不安を感じるなら、全力でそれを取り除く。愛衣のことは俺が守るよ。だから、不安も迷いも、全部俺によこせばいい」

……泣きそうです……

いや、わたしは泣いているんだと思う……。だって、まぶたがすごく熱い。

ぼやけた雅貴さんの顔が近づいてきて、熱い唇が目尻に触れた。チュッと音を立てて涙が吸われ、視界がクリアになる。

キスに驚いてもう片方の目を閉じてしまい、その拍子（ひょうし）に頬に涙が流れた。

「無理——なんて言わないでくれ、愛衣」

ぎゅっと、雅貴さんの両腕に抱きしめられ、わたしは一瞬だけ身を硬くした。だって彼の抱擁がとても力強くて、苦しいくらいだったから。

「愛衣がそばからいなくなってしまったら、俺は死んでしまう」

そんな、大袈裟ですよ。そう思っても、わたしの中には驚きよりも嬉しさがこみ上げてきて、胸が詰まって言葉が出てこない。

わたしは両手を雅貴さんの背に回し、ギュッとしがみついた。わたしからこんなふうに抱きつくのが初めてだったせいか、彼の腕の力が一瞬緩んだ気がした。

「わたしを雅貴さんの……お嫁さんにしてくれますか……」

頭を撫でられ、そこに雅貴さんの唇が触れたのがわかった。

「もちろんだ」

頭にあった手で顎をすくわれる。すぐに唇が重なった。

「好きだよ、愛衣」

情熱的なくちづけを受けながら、囁かれる愛の言葉。

胸に溢れるのは愛しさばかりで、それまでの不安や迷いが今は綺麗さっぱり消えている。雅貴さんが言葉どおり、わたしの中から本当に取り除いてくれたようだった。

わたし、この人と結婚するんだ。ずっとずっと、大好きだった雅貴さんと。

そんな思いが、わたしの中で大きく広がっていた。

＊＊＊＊

愛衣とすごした数時間が楽しすぎて、このままプライベートスイートに泊まりたいくらいだった。

しかしまだ結婚前だ。しかも婚約したとはいえ、愛衣はまだ二十歳になったばかりの学生である。そんな彼女を外泊させるのは、彼女の両親に対して印象が悪いだろう。

たとえ、なにもなくても、だ。

結婚について愛衣に理解してもらったあと、プライベートスイートでディナーをともにして、俺は二十一時になる前に彼女を自宅へ送り届けた。

『雅貴さん、今日は本当にどうもありがとうございました』

はにかんで手を振る愛衣の、なんとかわいらしかったことか！

いいんだ、愛衣。

そんな遠慮をするな。

俺たちはもう、遠慮をし合うような仲じゃないんだから！

俺は成人式の会場をおまえ一人のために貸し切ろうと思っていたくらいだ。

残念ながら、それは思いついた時期が遅すぎてできなかったが、専用通路と席の準備をさせることには成功した。

――そうしておけば、同級生だろうが大学の友だちだろうが、男は一切近寄れないからな。

愛衣を送り届け、自分の車を運転しながら、俺は西園寺家の運転手に迎えに来させればよかったと後悔していた。

愛衣の柔らかな感触が残る手で、硬いハンドルを握らねばならない、この苦痛たるや！

「愛衣……」

今日の彼女の様子を思い返す。笑った顔はもちろん、泣きそうになった顔も、戸惑う顔も、どの愛衣も全部がかわいらしい！

暗闇の中で通りすぎていく対向車のヘッドライトや街灯に、愛衣の笑顔の幻が見える。

つい目で追ってしまいそうになる自分に、無事に家へ帰りつけるか不安になった。

なんとか無事に屋敷へ帰り着いた俺はガレージに車を停め、ふうっと大きく息を吐く。

やはり、頭の中を巡るのは愛衣のことばかりだ。

改めて二人で結婚を約束し合ってから、部屋ですごしたひととき。

それは、今までとは違う雰囲気に満ち溢れていた。

やっと、婚約者同士という特別な空気感が出てきたように思う。きっと愛衣の中にあった戸惑いのようなものがなくなったせいだろう。

『雅貴さんって、いつからわたしと結婚しようと考えてくれていたんですか？』

はにかんだ顔で、どうしても聞きたいと言わんばかりにソワソワした愛衣の、なんとかわいらしかったことか！

『うん、二十年前かな』

『もうっ、またそういうこと言う～』

冗談でしょうと言った様子で無邪気に笑い、話題は違うほうへ行ったが……

……冗談では、ないんだが……

二十年は言いすぎだが、愛衣が十六歳になったころにはすでに結婚を考えていた。

『わたし、雅貴さんのいい奥さんになれるように……まだ自信はないけど……精一杯、頑張りますね。そのために、いろいろなこと教えてください。ちゃんと勉強しますから！』

さっきそう言ったときの愛衣が健気(けなげ)で健気(けなげ)で！

思い出しただけで両手に力が入り息が止まりそうになる。俺は昂(たかぶ)った気持ちのまま思わず車のハンドルをどんどんと叩いてしまい、誤って短くクラクションを鳴らしてしまった。

これはマズイ。使用人が出てきてしまう。

車から降りると、案の定、ガレージ担当の青年が走ってくるのが見えた。担当の中では一番若い。慣れた者なら仕事をあがっている時間だが、車が戻ってくるまで残ってくれていたのだろう。

調子に乗って泊まってこなくてよかった。そんなことを考えつつ、表情を取り繕う。

「おかえりなさいませ、お車の調子はいかがでしたか？」

「絶好調だったよ。特に急いで点検してもらう部分もないから、整備は明日にして今日はもうあがりなさい。こんな時間まで待っていてくれて、ご苦労だったね。ありがとう」

ポンッと彼の肩を叩き、そのまま横を通り過ぎる。「ありがとうございます！」と感極まった声を背に受けつつも、俺の頭の中は愛衣のことでいっぱいだった。

――愛衣のことを守る。

やっと手に入れたんだ。やっと……

「……もう離さないよ……愛衣」

呟いた唇に笑みが浮かぶ。ガッツポーズでもして気合を入れたいところだが背後からの視線を考え、両手をグッと握りしめるだけにとどめる。

それでも、昂る気持ちを抑えられないまま、俺はガレージをあとにした。

第二章　結婚、しました！

　足元から高い天井まで届く大きな窓。射しこむ光はまぶしく、陽射しだけならもう春が来たのかと錯覚するほどだ。とはいえ、外は二月初旬の厳しい寒さ。わたしは大学のカフェから外を眺めているから、暖かそうだと感じるだけ。

　のどかだなぁ……なんだか平和。

　一人で、誰に見られていることもなく、大学でのんびりするなんて久しぶりだ。

　成人式のあと、すぐに大学の後期試験が始まり、ようやく昨日すべての日程を終えた。本来なら、今日から長い春休みに入るはずなのだが……

「愛衣～、お待たせぇ」

　わたしのテーブルに、息を切らせて碧がやってくる。急いで走ってきてくれたのだろうか。

　彼女はわたしに笑みを見せてから、神妙な様子で周囲をきょろきょろと見回した。

「今日は、きてないの？　いつものボディガード」

「うん、ついてきてないよ。今日はわたし、家にいることになってるから」

思わず苦笑いが浮かんでしまう。

碧は飲み物を買ってくるからと言って、カフェのカウンターへ向かった。その後ろ姿を見送りつつ、わたしは小さく溜息をつく。

実は今日、雅貴さんには一日自宅にいると言って、こっそり大学に出てきていた。

そうしないと、ボディガードがついてきてしまうからだ。

大学が始まるとともに、雅貴さんから『なにかあったら大変だから』と、ボディガードを付けられた。西園寺家の跡取りの結婚相手がまだ学生となれば、よからぬ輩が動くこともあるかもしれないという。さすがに考えすぎではないかと思ったけれど、わたしを心配してくれてのことだと思えば、感謝すべきことなのだろう。

……とはいえ、今までそんな世界とは縁もゆかりもなかった人間に、いきなりボディガードなんかが付くと、周囲が萎縮しちゃって近づいてこない。

冬休みが終わってからというもの、特に親しくしている碧たちとすら、ほんの少し話す程度のことしかできなかった。

「でもよかったよー、こうして話すチャンスがあって。冬休みが終わってから愛衣は毎日ボディガード付きだし、席は他の学生から隔離されちゃってるしさー」

湯気の立つカップを片手に碧が戻ってくる。わたしの向かいの席に座り、一口すすってその熱さにちょっとだけ唇を歪めてから口を開いた。

「話もろくにできなかったから、もはや一般庶民が口をきいちゃいけないのかと思った」

冗談めかして言う碧に、わたしは頭を抱えたくなる。

「やめてよ～。そんなキャラじゃないよ、わたし」

「でも西園寺ホールディングスの御曹司と結婚するんでしょう？　超セレブじゃない。そりゃあボディガードも付くだろうし、大学側も特別待遇を許すくらいには慎重になるってもんよ」

「微妙だけど、まあ、ベッタリくっついているわけじゃないし。陰から見守ってくれている程度だから……」

「害のないストーカーみたいだね」

「たとえは酷いけど、言えてるー」

二人でケラケラと笑ってから、ジュースのストローに口をつける。碧がテーブルにカップを置いて身を乗り出した。

「でも、安心したよ。そんなすごい人と結婚が決まっても、愛衣は以前と全然変わってなくて」

「変わるわけがないでしょう。どうやって変わるのよ」

「セレブの奥様っぽく気取ってたらどうしようかと思った」

「それこそわたしのキャラじゃないよぉ」

二人で声を上げて笑い合う。

なんか、こうやって友だちと笑うのは久しぶりだ。

「でもさ、結婚式まであと二週間でしょう。出てきて大丈夫だった？　この時期って目が回るほど忙しいんじゃないの？　うちのお姉ちゃんが結婚したときなんて、半年も準備期間があったのに直前までバタバタしてたよ」

「あ、うん、それが……」

心配してくれる碧の気持ちが、なんだか申し訳ない。

「そんなに、っていうか、全然忙しくなくて」

「そうなの？　結婚決めたのって、昨年末でしょう？」

「そうなんだけど……」

歯切れの悪い返事しかできない。だって、本当に忙しくないから。

「結婚式の準備は、全部ブライダルサロンのスタッフさんがやってくれているの。進行準備から披露宴で出す料理の一切まで、担当のプランナーさんと西園寺家で進めてくれていてね」

説明を聞きながら碧は目をぱちくりさせている。

そうだよね。びっくりするよね。わたしの結婚式なのに、どう考えても人任せだもん。

「招待する友人のリストを出したあとは、自分のドレスを選ぶくらいしかしてないんだよね」

あとはあれだ、髪の先から足の爪の先までピカピカにされる、ブライダルエステというものに通っている。

かつて、こんなにも自分の肌や身体のお手入れをしたことがあっただろうか。いいやない！

……せいぜい、家庭教師として雅貴さんが家に来る日に、いつもより丁寧に髪を梳（と）かしたり、お腹のお肉を気にしてストレッチをしていたくらいだ。

エステなんて名のつくものには行ったことがないし、行こうと思ったこともなかったから、ちょっと構えちゃってたんだけど、貴和子さんが一緒に行ってくれたんだよね。

『ついでに私も綺麗にしてもらおうかしら～』

と、いつもの天真爛漫（てんしんらんまん）さを発揮して、わたしの横に並んで同じエステを受けてくれている。なので、変に緊張することもなく、話し相手がいて楽しいくらいだった。

「西園寺の事業のこととか、取引先のこととか、少しずつでも覚えていかなくちゃならないから、結婚式の準備よりそっちのほうが大変かも」

雅貴さんに釣り合うお嫁さんになるためにも、いろんなことを勉強しよう。そう決心して、自分なりに頑張っている。

『一気に覚えようとしなくていいから。大丈夫。愛衣は頭がいいし、すぐに覚えてしまうと思うよ』

雅貴さんには、そんなありがたくも恐れ多い言葉をいただいてしまって……信用してもらってるんだと思うと、嬉しいやらプレッシャーを感じるやら。でも、決めた以上は、やるしかないじゃない！

……とまあ、結婚式に浮かれてばかりもいられないのが本音。

やっぱり、会社関連の概要を覚えるのはかなり大変。改めて、西園寺家の人間になるっていうのは簡単じゃないんだな、って思う。

でも、それもこれも雅貴さんのためだもん！　その気持ちがエネルギーになっている気がする。

「大きい会社だし、そこの御曹司の奥様だもんね。っていうか、ラリューガーデンズホテルチェーン社長夫人でしょ。大丈夫、愛衣？　つらいことない？　いつでも声かけてよ、夜中でもいいし。愚痴（ぐち）とか弱音とか、なんでもつきあうからね」

「みどりぃ……」

胸がジ～ンとした。

表情や声から碧が本気で言ってくれてるんだってわかるだけに、友だちっていいな……って思う。

「ありがとう。頑張るよ、わたし。碧がいてくれて、心強いし嬉しい。……それに、雅貴さんに釣り合う奥さんになりたいし」

「おー、愛衣のノロケなんて初めて聞いた。貴重だわあ。よしっ、夜中の電話につきあう項目にノロケも追加だ！」

「ノ、ノロケって」

慌てるわたしを見て碧がアハハと笑い、カップに口をつける。それを置いてから身を乗り出し、両腕をテーブルに置いて内緒話をするように顔を近づけた。

「結婚式の日なんだけどさ、招待されていないメンバーがサプライズを考えてるらしいよ」

「サプライズ？」

碧は人差し指を口元に立て、片目を閉じて「ナイショだよ」のポーズをとる。そのサプライズとやらは、もちろん本来わたしには言っちゃいけないのだろう。

「当日の会場の状況にもよるけど、たぶんホテルのロビーか披露宴会場の前あたりかな。ホントは愛衣には内緒なんだけどさ、本番で愛衣が泣いちゃったりして『うちの嫁を泣かすな』って旦那さんが怒ったら困るからさ。こっそり教えておく」

「そんなことで、怒ったりしないよ」

両手を振って否定するものの、もしかしたら……ありえるかもしれない。そんなふうに考えて、密かに照れる。これも、ノロケに入るのかな？

それにしてもサプライズかぁ……なんか嬉しいな。わたしのために友だちがそんなことをしてくれたら、たとえ知っていたとしても泣いちゃうかも。

「ありがとう、嬉しい。泣かないように覚悟しておくね」

「よろしくー。ついでに、あたしが言ったっていうのはナイショだよ？」

「わかってるって。教えてもらえてよかった」

結婚式当日は、長話なんかはできないだろうけど、それでも楽しみ。雅貴さんにも教えてあげようかな。いや、やっぱり内緒にしておこう。

ウキウキとそんなことを考えながらストローを咥える。この話はここで一段落……かと思ったら、碧がなにかに気づいたように再び身を乗り出してきた。

不思議に思って彼女と目を合わせると、碧の眉が複雑そうに寄せられる。

「あのさぁ、愛衣……。今日は、家にいることになってるって言ったよね……」

「ん」

ストローを咥えたまま首を縦に振る。

「ボディガードはついてきてない、って」

もう一回、こくり。

「じゃあ、あれは？」

「ん？」

碧が小さくわたしの斜め後ろを指さす。視線だけでそっちを向いたので、わたしもちらりと目を向けたら……

「……っ!?」

目を見開いた瞬間、驚きのあまりストローに空気を送りこんでしまい、ジュースが大きくぼこぼこと泡立った。

……なっ、なんで……

カフェの出入口に、いつものボディガードさんがいる！

真っ黒いスーツに黒のサングラス。百八十センチを超える雅貴さんと同じくらいか、それより少し高い身長。髪をオールバックに固め、ピクリとも笑わないから、ボディガードだと知らなければ、怖い職業の人に見えるかもしれない。

なんだか昔観ていたバラエティ番組の賞金獲得ゲームで、出演者を追いかける人に似ている。それに気づいてからは、心の中でひそかに『ハンターさん』と呼んでいたりするんだけど……

おそらく自宅にわたしがいないことに気づいて、捜しにきたのかもしれない。そう思うと、彼はやっぱりハンターさんだ。

わたしの視線に気づいたらしく、ハンターさんが小さく会釈をしてきた。

残りのジュースを勢いよく吸いこみ、わたしは碧を見る。

「これって……帰ったほうが、いい、かな？」

「そのほうが……いいんじゃない？」

複雑なわたしの表情を見て、碧も苦笑いだ。

「じゃあ、帰るかぁ。でも、碧と話ができて嬉しかった。ありがと」

椅子から立ち上がり、鞄を肩にかけてコートを持つ。グラスを手に取ろうとすると、碧に先に取られた。

「あたしが片づけておくよ」

そう言って「あれ、あれっ」と出入口を指さす。早くハンターさんをここから出したほうがいい、という意味だろう。

壁側とはいえ、あんな風貌の人が出入口に立っていたら、入ってくる人も驚くけど出ていく人も怖いし通りにくいはずだ。

わたしは碧にお礼を言い、手を振って別れた。

「結婚式、愛衣の綺麗な姿、楽しみにしてるよ」

友だちが祝福してくれる嬉しさを胸に、わたしはカフェをあとにした。

それからの二週間は、本当にあっという間だった。

世間がバレンタインデーの雰囲気に浮き立つ中、これぞ幸せのピークだと言わんばかりに雅貴さんとわたしの結婚式が執り行われる。

結婚式は夕方からだ。そのあとに披露宴が続く。

だから昼間のうちに、雅貴さんと一緒に入籍をしに行った。役所の窓口で「おめでとうございます」と言われてすごく照れたけど、これで正真正銘、雅貴さんの奥さんになったんだ。

その事実に感極まってしまい、役所を出た時点で泣きそうだった。

「今から泣いていたら、愛衣は一日中泣いていなくてはならないぞ?」

雅貴さんに言われて、それもそうだと涙をこらえて笑みを浮かべる。

「でも、こんな幸せな気持ちが今日一日ずっと続くのかと思ったら、やっぱり泣きそうです」

「今日一日じゃないよ」

「え?」

聞き返すと、雅貴さんがわたしの肩を抱き寄せた。

「これから一生、この幸せな気持ちが続くんだよ」

……やっぱり、泣いてしまいそうだ……。

幸せすぎて!

——でも、ここで幸せに浸ってはいられない。今日はこれからが本番なのだ。

結婚式の準備のためにホテルへ移動する。式場はもちろんラリューガーデンズホテル・グランドジャパンだ。

社長の結婚式ということもあって、ホテルの従業員はかなり気を張っているみたい。

正面入り口からエントランスへ入ったとたん、なんとなくピーンと張り詰めた空気を感じた。

するとそこで、雅貴さんは緊張した面持ちの従業員たちに言ったのだ。

「常々私には、親バカの素質があると思っている。ラリューガーデンズホテルチェーンのスタッフは、どこよりも素晴らしいスタッフだ。今日は身をもって、それを実感できることだろう」

絶対的な信頼が、その言葉にはあった。彼の言葉は、従業員じゃないわたしの胸にも強く響いた。

「ご結婚おめでとうございます！」

誰が先だったのかはわからない。けれど、その声を切っ掛けに、あちこちから祝福の声が上がった。

「雅貴さんは、従業員のみなさんに好かれているんですね」

祝福の声の中、わたしは嬉しくなって口を開く。彼と目が合うと、にこりと微笑んだ。

「だってわたし、大好きなお父さんとお母さんに褒められたら、すっごく張り切ります。きっと、ここの従業員のみなさんも、同じですね」

彼がふっと微笑む。次の瞬間、わたしの身体はふわりと浮き上がった。

「きゃっ……！」

「よし、じゃあ、最高のスタッフたちに、世界一綺麗な妻の自慢でもするか」

軽々とお姫様抱っこをされ、一般のお客さんはそれほどいない。ホテルはまだチェックインには早い時間だったので、一般のお客さんはそれほどいない。だけど、この現場に居合わせた人たちは、なにが起こっているのかわからず、不思議そうにわたしたちを見ていた。

わたしはそれを面映ゆく思いつつ、雅貴さんに抱えられて式場に向かったのだ。

それぞれのブライズルーム前で別れ、大急ぎで準備が始まる。

ドレスの試着はしていたけれど、本番だと思うとウエディングドレスを着るのも緊張する。そんな中、お母さんとお義母さん、というダブルお母さんが来てくれたおかげで、ほんのちょっとだけ緊張がほぐれた。

たくさんの人の手を借りて、ようやくわたしの準備が整ったとき、雅貴さんが花嫁用のブライズルームへやってきた。

新郎用のテールコートを着た彼はとんでもなく素敵で、思わずボーッと見惚れてしまう。さらに彼は心臓が止まりそうなほど素敵な微笑みを浮かべて、わたしの目の前に立った。

「綺麗だよ、愛衣。式なんかやめて、このままさらってしまいたいくらい綺麗だ」

「そ、それは、困ります……」

アワアワして答えると、雅貴さんは笑みを深めて爆弾を落とす。

「なぜ？　こんなに綺麗な愛衣を誰にも見せたくないな」

「だ、だって、わたしたちのために集まってくれた方たちや、準備してくれたホテルの皆さんにもご迷惑がかかるし……」

「優しいな愛衣は」

ハハハと軽く笑う雅貴さん。

いいえ、あの、普通、そんなことを言われたら、そう答えるしかないじゃないですか！

ソファーに並んで座っていたダブルお母さんが、呆れたように彼をからかう。

「雅貴、それ、本気でしょう？」

「あら？　本気なの？　突拍子もないこと言い出すのは、小さなころから変わってないわねぇ」

お母さんっ、ちょっとそれ雅貴さんに失礼だよっ！　小さいころから突拍子もないこととか……って、え……そうなの？

雅貴さんとわたしは十歳、年が離れているから、彼の小さなころというのは知らないのだ。どんな子どもだったとか、今度聞いてみようかな。

「だって、お母さん方。見てくださいよ、こんなに綺麗な愛衣を他の人間に見せるなんて、もったいないじゃないですか」

雅貴さんは真面目な顔でそう言うと、ダブルお母さんと一緒に笑い合う。

これはわたしも笑っていいところだろうか……

「なにを言っているのだ。馬鹿者が」

するとそこに、とっても冷静な声が割りこんできた。声がしたほうに顔を向けると、二人の男性がブライズルームに入ってくる。

一人はわたしのお父さん。もう一人は、雅貴さんに匹敵するくらい堂々とした風格の男性。そう、雅貴さんのお父さん。そして、今日からわたしの義父になった、西園寺ホールディングスの社長さんだ。

「ここにきてなにを言っている。冗談でも不謹慎だ。見なさい、愛衣さんがオロオロしているじゃないか」

「ですがお父さん、こんなに綺麗な愛衣を外に出して、目を離した隙にさらわれてしまったらどうするんですか」

「そんなに心配なら、おまえが抱いて歩けばいい」

お、おとうさま？

「なるほど、さすがはお父さん。名案ですね」

まさたかさんっ!?

「ま、待ってくださいっ！　さすがにそれは恥ずかしいですっ!!」

冗談だとわかっていても、思わず反論してしまった。すると、父子揃って不思議そうな顔をされてしまう。

「駄目なのか？　愛衣」

「雅貴は結構体力があるから大丈夫だと思うが？」

……親子だなぁ、もう。だんだん本気なのか冗談なのかわからなくなってくるよ。

「お客さんや友だちの前ですし……さすがに、ちょっと……」

語尾を濁しながらそう言うと、お義父さんは外国の映画俳優並みのダンディな口髭に手をやり、魅力的な微笑みを浮かべた。

「だが、雅貴がそう言ってしまうのも無理はない。とても綺麗な花嫁さんだ」

なんというか……こういう、いかにも〝紳士〟って感じの男性に言われると照れてしまう。雅貴さんも、年齢を重ねたらこんな感じになるんだろうか。

……なんか、楽しみ。

「なあ、向井。我々の娘は、見せびらかしたいくらい可憐でかわいらしいな」

お義父さんが、すっかり傍観者になっていたわたしの父に話しかける。お父さんは笑顔で「ああ、綺麗だな」と言ってくれるけど、なんだろう、寂しそうに見えた。

そんなお父さんを見ていると、わたしまで寂しくなってくる。

そこでわたしは、お父さんにお嫁に行く前の挨拶というものを、きちんとしていなかったことに思い至った。

いわゆる、「今までお世話になりました」というやつだ。

昨日はホテルに勤める父が夜勤だったので会えていない。今朝もわたしが出かける前までに戻ってこなかったので、結局、挨拶が言えていなかった。

お母さんは、娘の別れの言葉が聞きたくないからわざと会わないようにしてるんじゃない？　なんて笑っていたけど、やっぱりこういうことはきちんとしておいたほうがいいと思う。

「あの、お父さん……」

挨拶をしようと決めて雅貴さんから離れ、お父さんの前に立つ。

「わたし、昨日ちゃんと挨拶ができてなくて……。お父さん、あの、今までお世話に……」

そう言った瞬間、言葉が詰まった。いきなり嗚咽が込み上げてきたのだ。

――これを言ってしまったら、お父さんの娘じゃなくなる。咄嗟にそんな思いが頭に浮かんだ。

「愛衣？」

お父さんはちょっと心配そうにわたしを見る。

その瞬間、子どものころから今まで、お父さんとすごしたいろいろな思い出が頭の中を駆け巡った。

「お父……さん……」

駄目……、泣いちゃう……。せっかく、綺麗にメイクしてもらったのに……

そのとき、ポンッと、優しく背中を叩かれる。視線を動かすと、いつの間にか雅貴さんがわたしの隣に寄り添っていた。

「たとえ名前が変わっても、愛衣は、ずっと向井のお義父さんの娘だろう？」

「……雅貴さん……」

「なにも変わらない。俺と結婚したからって、愛衣が向井のお義父さんの娘じゃなくなるなんてことはないんだよ」

お父さんに目を向ける。するとお父さんが笑ってうなずいてくれた。

その目が少し濡れているような気がしたけれど、わたしはそれに気づかないふりをして、そのまま頭を下げた。

「お父さん……これからも、よろしくお願いします……」

「お父さんのほうこそ、よろしく。愛衣」

すぐにお父さんが返事をしてくれる。顔を上げると、お父さんはちょっと照れたような顔をしていた。そして、なぜか嬉しそうにうんうんとうなずいている西園寺のお義父さんに、誇らしげに声をかけたのだ。

「なあ、綺麗だろう？　俺の娘だぞ」

「ああ、綺麗だ綺麗だ。私の娘でもあるからな。当然だ」

「父親としての優先順位は渡さないぞ」

「大丈夫だ、一日独占されたら独占し返すからな」

わたしをネタにして父親二人がアハハと笑い声を上げる。

「まあ、優先順位は女親の私たちにあるに決まっているじゃない。ねぇ、陽子さん」

「そうよね、貴和子さん」

その様子を見ながら母親二人が文句を言う。

……だが――

「お父さん方、お母さん方」

コホンと咳払いをした雅貴さんが、ちょっと声を大きくして会話を遮った。そして、おもむろにわたしの肩を抱き寄せる。

「愛衣に関しての優先順位は、常に俺が一番ですっ」

え？　ちょっとムキになってますか？

「そうだろう？　愛衣？」

にっこりと自信に満ち溢れた微笑みで同意を求められる。わたしはクスッと笑ってしまった。なんだかもう、自信があるのかないのかわからないじゃないですか！

「もちろんです！」

わたしは大きな声で肯定して、彼の広い胸に抱きついた。


ブライズルームでの幸せな気分そのままに、結婚式から披露宴まで、とても素敵な時間だった。披露宴は、わたしの親戚や友だちも来ているとはいえ、ほとんどが会社関係や取引先関係の人ばかり。雅貴さんは華やかさが足りないだろうから、なんて言っていたけれど、ハイクラスな人たちはその場にいるだけで豪華な雰囲気を醸し出していた。

そのぶん緊張するかと思っていたけれど、そうでもなかった。

もちろん、まったく緊張しなかったわけではないけど、それが心地いい緊張感なのだ。

そう思えたのは、きっと雅貴さんのおかげ。

彼がそばにいると、とても心強くて自分に自信が持てる。

幸せだな、って思う。本当に、彼と結婚できて嬉しい！

なんといってもこんなに愛してくれているんだから。そう思うだけで心がいっぱいだ。

「なんかさ、偉い人がいっぱい来るって言うから、長い挨拶とかずっと聞かされるのかと思ってたけど、全然そんなことないね」

招待した友だちも、ときどき雛壇に来て話をしていってくれた。会場に生演奏の楽団を入れているおかげで、聴くもよし歓談するもよしの自由な時間が多いのだ。

「お料理もスッゴク美味しいね。愛衣のドレスも全部綺麗～。いいなぁ、あたしもここで結婚式したい」

「あんたはその前に、こんな高級ホテルで結婚式してくれる相手を見つけないとね」

「くーっ、レストランのビュッフェで我慢するかぁ」

わたしは、友人たちの会話を笑顔で聞いている。こんな結婚式をしたいと言ってもらえて、とても嬉しい。だって、それだけ、今のわたしが幸せそうに見えてるってことだもの。

……そういえば、碧の言っていたサプライズってどうなったんだろう？

ふと気になったものの、次々と紹介される人たちへの挨拶でそれどころではなくなってしまう。

さらにわたしは、雅貴さんの大学時代のお友だちや、お仕事で親しくしているという人たちにもお祝いの言葉をもらった。

雅貴さんの友人や知人に会うなんて初めてだ。なんだか自分の知らない雅貴さんを教えてもらえたみたいで、すごく心が弾む。

幼なじみでいたころは、彼のお友だちを紹介されるなんてことはなかったから、本当に彼の特別な人になれたんだって実感が湧いてきて、嬉しくて堪らない。

「かわいい彼女だな。これは雅貴も隠すわけだ」

「意中の彼女がいると言うわりに、ちっとも会わせてくれなかったからね。あまりにもったいつけるから、人には言えない関係なのかと疑っていたんだよ」

お友だちがからかうと、雅貴さんは「酷いな」と言いつつ楽しそうに笑っていた。

もしかしたらこの人たちが、雅貴さんが言っていた、大学時代に居酒屋で飲み明かした仲間、なのかもしれない。

それから、わたしにとって、忘れられない出来事に関係した人にも会えた。

「これはこれは、ずいぶんとかわいらしい奥方だ。プリムラの花を思わせる可憐さ。西園寺社長の清涼剤だな」

雅貴さんと同じくらいの年齢だろう。非常に整った容姿の彼と並んでも、まったく引けを取らない正統派のイケメンだ。この人はなんと、例のプライベートスイートを花だらけにして、百本の薔薇と青いカーネーションの花言葉を教えてくれた、生花流通商社の副社長だという。

ハイソな人の知人はハイソだな、なんて納得していたけれど、イケメンの知り合いも……以下略、である。

「以前も言ったが、彼は花言葉に詳しくてね。ちなみにプリムラの花言葉は、『可憐』『永続する愛情』らしいよ」

あとで雅貴さんがこっそりと教えてくれた。

『永続する愛情』という意味に、とても心惹かれる。雅貴さんも同じだったのだろう、優しく微笑むその表情が、彼が愛情を永続させることを約束してくれているように感じた。

披露宴のあいだ、何度もドレスを替えて忙しかったし、名前も知らない偉い人たちに挨拶をされて緊張したけれど、雅貴さんがそばにいてくれるから安心できた。

今日感じた嬉しさや楽しさ、たくさんの感動は、すべて雅貴さんがわたしのそばにいてくれたから得られたものだと思う。

式や披露宴の最中、何度も何度も見つめ合って、そのたびに実感した。

雅貴さんのことが、大好き！

この人のお嫁さんになれて、本当に幸せだ。

これから始まる彼との結婚生活に、わたしは期待をふくらませずにはいられなかった。

披露宴が終わったあと、わたしたちはホテルのプライベートスイートへ移動した。

今夜はここですごし、明日から一週間の予定で新婚旅行へ出発する。

この部屋に入るのは二度目だ。前回は花と風船がいっぱいのメルヘンな雰囲気だったけれど、今日はどことなくロマンチックな雰囲気だ。

披露宴会場を出てから部屋まで、わたしは雅貴さんにお姫様抱っこをされて連れて来られた。少しの距離ならまだしも、ここまでなかなかの距離があったから、無理をしているんじゃないかとヒヤヒヤする。

「ま、雅貴さん……、もういいですよぉ、下ろしてください～」

ちょっと声が情けなかったかもしれない。けれど、もう限界じゃないでしょうか～？

部屋の中央で立ち止まり、雅貴さんは首をかしげる。

「愛衣は、下りたいのか？」

「下りたい、というより、雅貴さんが無理をしているんじゃないかと思って」

二人ともまだ新郎新婦の盛装をしたままだ。雅貴さんの光沢のあるタキシードがしわになるんじゃないかと気が気じゃない。それに、わたしが最後のお色直しで着たこの桜色のドレスには、贅を尽くした装飾がちりばめられていた。なにかの拍子に取れてしまうんじゃないかと、雅貴さんの腕の中で身動きすることもできない。

「安心しろ。体力には自信がある」

軽く笑いながら、彼は危なげない足取りでソファーへ向かう。やっとそこへ下ろしてもらえるのかと思ったら、雅貴さんはわたしを抱いたままソファーに腰を下ろした。

「ほら、座ったぞ。これでなんの心配もないな?」

わたしも雅貴さんのお膝に座ってしまいましたが……

「雅貴さん……」

思わず困った声が出る。でも、いやとか不快というわけではなく、どちらかというと照れ隠しに近いかも。

「一秒も、愛衣を離したくないんだ」

微笑む雅貴さんの顔が近づく。キスの予感に目を閉じると、ふわっと唇が重なってきた。

一気にロマンチックな雰囲気になって、ふとあることに思い至る。

——今夜は、新婚初夜だ。

急にドキドキしてきた。今までキスは何度かしたけど、それ以上のことはしたことがない。

優しいキスをした唇が離れ、至近距離で見つめてくる瞳が甘い。いたたまれなくなって少しうつむくと、ソファーの前にあるテーブルが目に入った。

そこには、綺麗にフルーツが盛られた器(うつわ)や、平皿に並べられた高そうなチョコレートが置かれている。ワインかシャンパンかわからないけれど、布を張った木箱に入ったボトルまであった。

それらを見ているうちに、わたしはハッと思い出す。

「雅貴さん、着替えとかバッグとか持ってきてもらっていると思うんですけど、それ、どこに置いてありますか？」

「ん？　寝室に置かせたが」

わたしはぴょんっと雅貴さんの膝から下りる。いきなり動くとは思わなかったらしく、彼は意表をつかれた顔をした。

「ちょっと持ってきたいものがあるんです。ここで待っていてください」

ササササッと小走りで寝室へ向かう。室内に入ってすぐ、中が薄暗い間接照明でムードたっぷりになっていることにドキリとした。

「えーと、荷物は……」

わたしは極力ベッドを見ないようにして荷物を探す。壁側に立派なテーブルがあって、その上にわたしのショルダーバッグや着替えの入った大きなバッグを見つけた。

着替えの入ったバッグから目的のものを取り出し、それを持って寝室を出る。雅貴さんのもとへ戻り、わたしは両手で小さな包みを彼に差し出した。

「はい、雅貴さん。バレンタインですっ」

「え？」

「今日は結婚式だけど、バレンタインデーでもあるでしょう？　雅貴さんに渡そうと思って、昨日作ったんです」

「わざわざ作ってくれたのか?」

チョコの包みを受け取り、それをしげしげと眺めてからわたしを見る。驚いているけど喜んでくれている。それが声からも表情からも伝わってきた。

「大変だっただろう?　結婚式の前にこんな手のかかることを」

「雅貴さんに比べたら、わたしなんかずっと楽をさせてもらいました。式や旅行のために、雅貴さんはとても忙しかったんですよね?　ありがとうございます。とっても素敵な結婚式、わたし、感動しました」

そう、この日を迎えるために、雅貴さんがどれだけ頑張ってくれていたか。

結婚式の準備はサロンのスタッフさんがしてくれるけれど、最終的な確認は雅貴さんがしてくれていた。そのうえ普段の仕事もしていた彼に比べたら、わたしなんてなにもしていなかったと同じだ。

「こんな素敵な結婚式を挙げられたのも、雅貴さんが頑張ってくれたおかげです。……もちろん、スタッフさんたちもですけど。ありがとうございます、わたし、本当に幸せです」

「愛衣」

腕を引かれ、抱きしめられる。そのままソファーに促(うなが)され彼の隣に腰を下ろした。

「ありがとう愛衣。感動したのは俺も同じだ。こんなに優しくてかわいい愛衣と結婚できたんだから」

「そんなに褒められると照れます。チョコを食べて、今日までの疲れを取ってくださいね。といっても、テーブルの上の豪華なチョコに比べたら、全然大したものじゃないんですが」

テーブルを見て肩をすくめる。

すると、真顔で「愛衣の気分を害するチョコは今すぐ片づけよう」と言われて、わたしは慌ててお皿からチョコをひとつ取った。

「美味しそうですよね、これ。っていうか、間違いなく美味しいですよ」

ポイッと口に入れ、笑顔でもぐもぐと口を動かす。無造作にやってしまったが、こんな軽い扱いをするのは申し訳ないほど美味しい。

おそらくこれ、チョコレート専門店とかで売っているやつだ。一粒がケーキ並みにお高いチョコ。

「どうだ? 愛衣はチョコが好きだろう? 今日のために、スイスのショコラティエに特別に作らせたんだ」

驚きで噴き出してしまいそうですが、もったいなくてできません！

そんな話を聞くと、もう一粒食べようと出かかった手が止まってしまう。けど、それぞれ味が違うっぽいチョコを見ていると食べずにはいられない。

さっきとは違う種類を手に取る。特別なものだとわかったとたんに扱いが丁寧になるのもなんだが、そっと口に入れた。

「ほいひぃ～」

美味(おい)しいと口に出したつもりが、舌の上にあるチョコが邪魔をして変な言葉になってしまった。

「そうか、美味(うま)いか。よかった。じゃあ、俺も美味(おい)しいのをもらうかな」

雅貴さんはわたしがあげたチョコの包みを開け始める。

ふたを開けると、正方形の箱にトリュフチョコが四つ。ちょっと材料にもこだわって、試食をしたときは「うん、西園寺家のパティシエさんにも負けないぞ」なんて生意気なことを思っていた。けど、こんな美味(おい)しいチョコレートを目の前にした状況では、その勢いも失せる。

「あの、雅貴さん？　今日はこっちの、特別なチョコを食べませんか？　冗談抜きに美味(おい)しいですよ？」

「気に入ったのなら愛衣が全部食べるといい。もともと愛衣のために作らせたんだから」

そう言いながら、雅貴さんはわたしの作ったトリュフチョコをひとつ口に入れる。

ちょっと大きめかなと思ったんだけど、大丈夫かな。

雅貴さんは目を閉じて黙々と口を動かしている。咀嚼（そしゃく）しているというよりは、口の中で転がしてゆっくり味わっているという感じだ。

「うっ……」

いきなり、雅貴さんが短く呻（うめ）いた。そして、ひたいを押さえたまま項垂（うなだ）れてしまう。

えっ？　なに？　なにか変なものでも入っていた？　それとも、舌の肥えた人には耐えられない味だったの⁉

わたしは思わず、雅貴さんの腕をギュッと掴（つか）んだ。

「ま……雅貴さんっ、しっかり……」

「美味（うま）い‼」

はい？

「なんだこれは！　愛衣、すごく美味（うま）い！」

「美味（おい）しい……ですか？」

「ああ、世界一だ‼」

それはさすがに贔屓（ひいき）がすぎます、雅貴さんっ！

だけど、美味（おい）しいって言ってもらえてよかった。照れくさいけど嬉しい気持ちが込み上げる。

「もう、大袈裟ですよ。でも、ありがとうございます」

「なにを言う。本当に美味いぞ。愛衣味だ」

どんな味ですか、それは。

雅貴さんはトリュフチョコをもうひとつつまんで、わたしに差し出す。

「ほら、食べてみろ」

「わたしはたくさん味見しましたから。いやじゃなければ雅貴さんに全部食べてほしいです。もし飽きたら、ここにある豪華なチョコで口直ししてくださいね」

「なにを言っている。それより愛衣のチョコのほうが何百倍も美味い」

「言いすぎですよ。そんなに持ち上げてくれなくてもいいですってば」

そうは言っても、褒められて嬉しい気持ちがあるのも確かで。きっとわたしの顔は、ニヤニヤしてるんじゃないかと思う。

すると持っていたトリュフチョコを口に入れた雅貴さんが、わたしの肩を抱き寄せる。

そして抱き寄せた手で顎を押さえられ、キスをされた。

彼はまだチョコを食べているのですぐに離れるだろうと思ったのに、一向に離れない。

それどころかきゅうっと吸いつかれ、薄く開いた唇の隙間から舌が入りこんできた。

あ……、甘い……

わたしが食べていたチョコとは違う芳香が口内を満たす。彼に舌をさらわれるとダイレクトにその甘さが伝わってきた。

「ん～っ」

口移しでチョコを食べさせられているみたい。

こんなこと初めてで戸惑ってしまう。けど、いやじゃない。なんだか、くすぐったい気持ち。

なにより、雅貴さんとこういうことができる関係になったんだなぁ……って思って、幸せだった。

彼に促されるまま舌を絡めていると、雅貴さんの口腔で溶けきらなかったトリュフチョコがわたしの口の中に移動してきた。

そのまま呑みこむこともできず、口の中にチョコの甘さが広がっていく。雅貴さんはわたしの唇を吸いながら、唾液と一緒に溶けたチョコをすすり上げた。そのまま、舌で下顎や頬の内側まで丹念に舐め回していく。

「フゥ……んっ、ハァッ、ぁっ」

ゾクゾクする感覚に逆らえず、唇の隙間からかすかな呻き声が漏れる。その直後から彼のキスがより激しさを増した気がした。

強弱をつけて唇を吸い上げ、舌を絡めてクルクルと舐め回す。されるがままになっていると、呑みこめずに溢れた唾液が唇の端からたらりと垂れた。

このまま首を伝って流れていったらドレスについちゃう。

わずかな焦りが走ったとき、雅貴さんの唇が顎（あご）の下へ移動した。

肉厚の舌が肌の上を這（は）っていく。その瞬間、ゾクゾクした震えが頭のてっぺんまで到達し、背筋がピンッと伸びた。

「あぁっ……！」

予定外の声まで出てしまい、取り繕（つくろ）うこともできないまま再び唇が重なる。

「んっ……」

「ドレスが、汚れるぞ」

かすかに唇を離した隙に、彼はわたしの気にしていたことを口にした。そうしてすぐに、唇の横や唇を食（は）むように吸ってくる。わざとだと思うんだけど、ちゅるちゅるって溶けたチョコをすする音が聞こえてくるのが、恥ずかしい。

だって、早い話が唾液をすすられているわけだから……。雅貴さん、いやじゃないのかな、って。

「愛衣の唇も、美味（おい）しいな……」

そう言って何度もわたしの唇を食（は）む。けれど、雅貴さんの唇だって……美味（おい）しくなった。

なんだか、頭の中がふわふわして、身体から力が抜けてきた。

そのうち、溶けたチョコがどうとか、いやじゃないのかとか、気にならなくなってくる。それどころかこの甘い汁を舌で絡め合ってすするのが、楽しくなった。

「ンッ……きもちぃぃ……」

自然と言葉が口から出ていた。気がつくと雅貴さんのタキシードを握り、唇を突き出すようにして彼を受け止めている。

「……もっと、食べていい？」

そう言う雅貴さんの手が、ドレスのファスナーをなぞっている。ハッとして唇を離し、上目づかいで彼を窺った。

「……すぐ？」

「駄目？」

駄目、と答えるのはおかしなことだろう。

結婚したんだし。……初夜だし。

わたしがもじもじしてなかなか答えられないでいると、またもやふわりと身体が浮いた。

「きゃっ」

「はい、時間切れです、お姫様」

「な、なに……」

雅貴さんはわたしをお姫様抱っこしたまま寝室へ歩いていく。さっき入ったときに見たムーディーな照明が目に入ったとたん、鼓動が跳ね上がった。

　ふわりとベッドの周りを包んでいるヴェールの中に入り、そっとベッドへ仰向けに下ろされる。上半身を起こす前に、両肩を押さえられて動けなくなった。

「聞いていい？　愛衣」

　上からわたしを見下ろしながら、雅貴さんが微笑む。……けど、なんだろう、いつもと違ってとっても……色っぽく感じる。

「愛衣は、俺が初恋だったの？」

「ひえっ!?」

　なんかすっごく素っ頓狂な声を出してしまった。でも、いきなりそんなこと聞かれたら、驚くというか照れるというかっ……！

「ど、どうして、そんなこと聞くんですか」

「……成人式の日、この部屋で言ってくれただろう？　初恋の人にプロポーズされたら浮かれる、って」

　ハッと思い出し、今さらながらに頬の温度が上昇した。

「愛衣は俺を、ずっと好きでいてくれたということか？」

　顔どころか頭のてっぺんまで熱くなる。今にもポンッと音がして、湯気が噴き出すんじゃないかと思った。

　あたふたするわたしを見て、言葉にせずとも答えを悟ったらしい雅貴さんは上機嫌だ。わたしの肩を押さえていた手で、蝶ネクタイを外しシャツの首元を緩(ゆる)める。

「聞こう聞こうと思いながら、今日まで聞けなかったんだ。違っていたらいやだなとか、年甲斐(としがい)もなくいろいろ考えて。でも、よかった」

「ま、雅貴さん……」

「嬉しくて、止まらなくなりそう」

「お、お手柔らかに……」

　話しながら、雅貴さんは蝶ネクタイをポイッとベッドの外へ放る。普通のネクタイを外す姿は何度も見たことがあるけれど、今までのどれとも違う。

　なんというか、色っぽい……いや、かっこいい……

　見惚れているうちに、雅貴さんはダブルのタキシードもシャツもどんどん脱いでいく。

「あ〜っ、あ〜、雅貴さんっ〜」

　慌てた声を出したわたしに、彼が不思議そうな顔を向ける。

「そ、そんな乱暴に脱いだら、タキシードが傷(いた)んじゃいますよっ。それにほらっ、カフスボタンが飛んでったし」

　雅貴さんが使っているものだから、高級品に決まっている。なのに、あまりにも無造作にシャツを脱ぎ捨てたものだから、シャツが破けたんじゃないかって勢いでカフスボタンが飛んでいった。

「愛衣が、俺をずっと想ってくれていたんだとハッキリわかって、とんでもなく興奮しているんだ。そんなことになんか構っていられないな。どうしよう愛衣、信じられないくらい嬉しくて泣きそうだ」

「雅貴さん……」

まさか、そんなに感動してくれるなんて……。嬉しくて、わたしのほうが泣いてしまいそう。

「愛している、愛衣」

静かに発せられる言葉に、蕩(とろ)かされる。低く艶(つや)のある声がとろりと耳から入りこみ全身を包んで、悦(よろこ)びに肌が粟立(あわだ)った。

重なる唇。その感触だけで……ゾクゾクする。

――愛されているんだ……。わたし、この人に……

そんな思いが、全身に沁(し)みこんでくる。

大好きな人に、こんなに想われて求められている。そう考えた瞬間、全身に心地よい熱が走った。

ゾクゾクするのに、温かくて、わずかに背が反(そ)ってしまうほど気持ちいい。

「愛衣……」

唇をついばみ、ときに音を立てて吸いながら、雅貴さんがドレスのファスナーに手をかける。少しずつ服を脱がされていく感覚は恥ずかしいけど、わたしは抗うことも身動きすることもできない。

ふわりとした桜色のドレスは、装飾品に気をつければ脱ぎ着は簡単。けれど、問題はその下に付けている下着だと思う。

レースアップビスチェにフレアーパンツ。ボディラインにぴったり沿っているから水着みたいなものだと思えばいいかもしれないけど……。やっぱり恥ずかしい。

それでも、ドレスを脱がされてもそれほど焦る気持ちが生まれないのは、ビスチェでまだ肌が隠れているからかもしれない。

だけど、ビスチェって、脱がせるのが面倒じゃないかな……。だからといって自分から脱ぐわけにもいかないし。

そんなことを考えているあいだも、雅貴さんはキスをしながら、丁寧に下着を脱がしていく。止まらないとか興奮するとか言っていたわりには、がつがつしていない。きっと、わたしが怖がらないように気を使ってくれているのだろう。

「ん……」

でも、ビスチェが完全に身体から取り去られる段階で、恥ずかしさのあまり声が出てしまった。咄嗟に雅貴さんの手を掴んだが、そんな抵抗をものともせず、彼はわたしの胸をあらわにしてしまった。

無意識に、胸を隠そうと手を動かす。

「愛衣」

優しい声だけど、有無を言わせない力強い口調。わたしは胸を隠しきることができないまま、彼と視線を合わせた。

「おまえの全部を、俺に見せてくれ」

すごく恥ずかしいのに、なんだろう……逆らえない。

胸を隠すことを諦め、手を顔の横に置く。同時に横を向いて彼から視線をそらした。大きな手で片方の胸のふくらみを持ち上げるように掴まれ、ビクッと身体が伸びる。

自分ではない手で胸を触られるのって、なんだかおかしな気分だ。これは雅貴さんの手なんだって、驚くくらい敏感に肌がその感触を意識している。

「綺麗な肌だ」

「……まさ……たか、さ……」

声が震える。首筋をたどる雅貴さんの唇が、ときおり肌にきゅうっと吸いついた。くすぐったいっ！　ううん、ぞくっとして思わず首をすくめてしまう。

もう片方の胸も同じように大きな手で包まれ、やんわりと揉みしだかれた。

唇が触れる首筋が、どうしようもなくくすぐったくて逃げ出したくなる。なのに、胸の辺りにはじんわりとした温かいものが広がり、その心地よさに身体から力が抜けた。

「ンッ……！」

掴み上げられて上を向いた胸の頂に、強い刺激。

「んんっ……ぁっ」

頂を指で擦られたのだ。その刺激に声が出る。わたしは咄嗟に両手で口を押さえた。だけど、さらに頂を指の腹で押すようにこねられ、なぜか腰の奥のほうがむずむずし始める。

「んっ……ん、ンンッ」

声……、声が出ちゃうっ。むずむずというか、とろっと熱いものが背筋を走っていくのがわかるから、このまま声を出したら、とんでもなくいやらしい声が出てしまう気がする！

焦れったい疼きが下半身に走って、つい大きく両脚を動かしてしまった。そんなふうに感じてしまう自分は、雅貴さんからいやらしく見えていないだろうかと心配になる。

「邪魔だな。これも取ってしまおう」

胸から手が離れて、ホッとしたのも束の間。彼の手が唯一身に着けていたフレアーパンツに伸びたかと思ったら、あっという間に下半身から取り去ってしまった。

は、速いっ！　脱がされる、って覚悟をする余裕すらなかった！

これはさすがに慌てずにはいられない。下半身を裸にされるのは、上半身とはまた違った恥ずかしさがある。

わたしは思わず身体を起こし、脚を交差させて上半身をひねった。

「どうした、恥ずかしいのか？」

雅貴さんがわたしの頬から耳たぶへ唇を這(は)わせる。プルプルっと肩を震わせ、わたしは口を開いた。

「は、恥ずかしいですよ……。当たり前じゃないですか。わ、わたしだけ、こんな」

雅貴さんはまだズボンが残っているし、おまけに寝室は真っ暗じゃない。周囲をヴェールで覆(おお)われていたって、このムーディな灯りはお互いの姿をハッキリと見せてしまう。

「わかった。そういうことなら、俺も脱ごう」

思い切りがよすぎます、雅貴さんっ！

しかもそのスピードの速いこと。というか、勢いよくズボンのベルトに手をかけるのを見て、わたしは素早く顔をそらしてしまった。

すぐにズボンを脱ぎ捨てる音がして、再び、彼が身体を寄せてくる。

「これで安心か？」

身体をひねったままのわたしを、雅貴さんは背後から抱きしめてきた。

素肌が密着している……。雅貴さんの腕が力強いのはもちろんだけど、胸が……硬くて広い。背後から抱きしめられるのって、正面からとはまた違った感覚だ。

わたしは「はぁぁ、わわっ……」と、おかしな声を出してしまった。

「小鳥が驚いたような声だな。かわいい」

小鳥……。小鳥ですか？

自分で言うのもなんだけど、鳥に例えるなら珍鳥のような気がしないでもない。今の声が小鳥に聞こえるなんて、わたしに対するなんらかのフィルターがかかっているとしか思えない！

雅貴さんに裸で抱きしめられている。考えてみれば、夢のような状況だ。

後ろからすっぽりと包みこまれ、まるで守られているみたい。

大きくて、逞(たくま)しくて、力強くて、温かい……

彼の肌が、こんなにも気持ちいい……。それを感じているだけで、うっとりして力が抜けそう。

「こうして愛衣を抱けて、嬉しい。最高だ」

彼の声は穏やかだけれど、とても嬉しそう。結婚して夫婦になったことを、心から喜んでくれているのが伝わってくる。

彼に愛されてこうして結婚できたことこそ、わたしにとっては夢みたいなのに。

「雅貴さん……、これ、夢じゃないですよね……」

「夢じゃないよ。だいたい、夢なら見飽(あ)きたから、もうご免(めん)だ」

「夢、見たことあるんですか？」

「ああ。愛衣を妻にして、こうして腕に抱く夢を何度見たかわからない。俺の妻は愛衣だけだって、昔から決めていたからな」

そんなこと言われたら胸がドキドキして、痛いくらいだ。破裂してしまいそう。

「やっとこうして抱きしめることができた。この日がくるのを、ずっと待っていた。もう……離さない」

ギュッと腕に力が入り、彼の肌の熱さをより強く感じた。

雅貴さんの片手が脇から前へ回ってきて、胸のふくらみを包まれ揉み動かされる。だが、今度はその手を押さえようとは思わなかった。

彼に求められることが嬉しい。これはわたしの特権なのだと、自惚(うぬぼ)れてもいいんだよね。だって、わたしは雅貴さんのお嫁さんになったんだから。

「んっ……ぁ、ぁっ」

控えめに途切れ途切れの声が出る。耳元でくすりと笑われたのが恥ずかしかったけれど、「かわいい」と内緒話のように囁(ささや)きかけられ、耳の奥が甘く痺(しび)れた。

両方の胸のふくらみを揉みしだかれているうちに、そこから生じる熱が腰の奥に広がっていく。

「ぁっ……あ、へん……」

股のあいだがじんわりと温かくなった気がして、驚いて腰がぴんと伸びた。

じわっと濡れた感じが広がったので一瞬漏らしてしまったのかと思って焦ったのだ。

「気持ちよさそうだな。愛衣の肌も気持ちがいいよ」

「そうで、すか？」

「このまま食べてしまいたいくらいだ」

そう言った唇が肩を食む。なんだか本当に食べられてしまいそうだ。

「雅貴さ……ん、食べないで、くださいね……、ぁンッ……やぁ」

「いやだ。食べる」

抱きしめていた腕が外れ、身体が仰向けにされる。すぐに彼が覆いかぶさり、胸のふくらみに唇を這わせた。

「あっ……ふぅんっ……」

ふくらみの頂に感じる新たな刺激。雅貴さんの舌が、そこをチロチロとくすぐる。指で触られているのとは、また違った感じだった。

「んっ……ぁ、くすぐった……い……」

くすぐったい、が正解なのかどうかはわからない。ちょっと違うような気もするけれど、今は上手く頭が働かなかった。

さらにチュッチュッと吸われると、熱い電流が容赦なく全身を突き抜けて、情けないくらい身体がビクビク震える。

くすぐったさは徐々にじくっとした疼きに変わり、その焦れったい感覚にわたしは無意識に悶えた。

「あ……あっ、や、やぁん……んっ……」

「愛衣にそんな声を出してもらえるだけで、感動する」

そんなことを言われると、自分がいやらしい声を出していると意識してしまって、恥ずかしさが増してくる。

雅貴さんの片手が太腿を撫で、内側へと入っていく。どこを触られるのかがなんとなくわかって、わたしはつい腰を横にずらしてしまった。

そんなことをしたって無駄なのはわかっている。わたしだって、別にいやだからそうしたのではなく、羞恥と戸惑いで無意識にしてしまっただけ。

けれど、雅貴さんは違うふうに考えたみたいだ。

「大丈夫だ。どんなに濡れていても驚かないし笑わないから」

ち、違います！　そんなんじゃないです！

なんかそれじゃあ、わたしがとんでもなくいやらしい気持ちになってるみたいじゃないですか！　キスをされたり胸を触られたりはしましたけど、それだけでそんな……

心の中で反論しつつ、下半身の違和感を意識してハッとする。

考えてみると、キスをされているときも胸を触られているときも、腰の奥がジンジンする感じがずっとあって……

「なにも知らない愛衣が、素直に俺に感じてくれた証拠だ。そう思えば、よけいに嬉しい」

雅貴さんの手が足の付け根を撫で、言葉どおりなにも知らない部分に指が沈んでくる。

大きく脚を広げているわけでもないのに、彼の指はなんの抵抗もなく秘部をゆっくりと擦り上げた。

「……ふ……ぅっ！」

初めて感じる、不思議な快感。こんな場所、触られるなんて恥ずかしい以外の何物でもないのに、じわじわと甘い疼きが生まれてくる。

大きな声が出そうになって、咄嗟に肩をすぼめ両手で口を押さえた。

「愛衣は性格も素直でかわいいが、身体も同じみたいだ」

や……やらしいです、雅貴さん！

思っていても口には出せない。いや、しっかり口をふさいでいるので、声が出ないのは当然なんだけど。

そうこうするあいだに、恥ずかしい部分で彼の指が動き始める。くちゃくちゃと粘り気のあるものを混ぜたような音が聞こえてきて、「身体も同じ」と言われた意味がわかった。

わたし……、こんなふうになっちゃうくらい感じていたんだ……

「んっ……ンッ！　ん～」

触り方はそんなに強くないのに、そこからの刺激は下半身から全身に伝わってくる。

わたしは口を押さえながらも、こらえきれずに出てしまいそうになる声を必死に抑えた。

ピリピリとした電流みたいな刺激は決していやなものじゃない。それどころか、自分の身体がこの電流を悦(よろこ)んでいるようにも思える。

下半身の刺激だけでも堪(たま)らないのに、さらに両胸の頂(いただき)を指と舌でいじられた。こうなると気持ちよさが倍増だ。あっちもこっちも、どうしたらいいかわからない刺激でいっぱいになった。

わたしは腰をもぞもぞと動かしながら、両脚でシーツを掻く。ふと、雅貴さんが身体をずらす気配を感じた。

胸から下へ。そして、両脚が大きく広げられ……

「だ……だめっ……、雅貴さっ……」

これからされるだろうことを察し、後ろ手をついて上半身を起こす。思ったとおり、彼はわたしの脚のあいだに顔をうずめようとしていた。

さっきまで指で擦られていた部分に、温かいものが触れるのを感じる。

「あっ……！」

指とは違うその刺激に、思わず喉を反らして声を上げた。

わたしの内腿を両手で押さえ、雅貴さんはそこにぴちゃぴちゃと音を立て舌を這わせる。

「ダメっ……ですっ、そこ、あっぁ、やぁ……！」

後ろ手をついて上半身を起こしているせいで、口をふさぐことができない。おまけに舐められている場所からくる刺激が強すぎて腰が暴れそうになる。

「まさ……たかさっ……、ダメっ、やっぁ……そんな、とこ、舐めな……ぁあっ！」

彼の舌の動きは止まることなく、かえって激しくなった気がした。潤んだ場所を大きく舐め上げ、ときに舌先でググッと押すように奥をつついてくる。そのたびに、焦れったい痺れが走るのはなんなんだろう。

いやなわけじゃない。感情はどんどん昂っている。けれど、こんな感覚は初めてで、どうしていいかわからない。

「ダメぇっ……あぁ、ぁっ！」

「どうして？」

唐突に雅貴さんの顔が上がる。神経が集中していた場所への刺激がなくなって、わたしはガクンと肘の力が抜けてシーツに崩れ落ちた。

「だって……、お風呂にも入っていないし……。汗もかいたし、濡れてるし……」

「なにを言っている？　愛衣の身体から出たものが汚いわけがないだろう。秘境の泉より清らかで尊いじゃないか」

待ってください……。言いすぎです。

「だが……」

雅貴さんは覆いかぶさるように身体を移動させ、わたしと顔を合わせた。

「愛衣は恥ずかしがり屋だから、気になったのかもしれないな」

「それは……」

「すまなかった。今度は入浴してからにしよう」

……結婚したんだから、「今度」のところは意識しちゃいけない。

それより、そう言ったときの雅貴さんが悪戯に失敗したみたいなおどけた顔をしたので、ドキリとする。かわいい雰囲気につられて、つい「はい」と返事をしてしまった。

「一緒に」

「……えっ！」

ワンテンポ遅れて驚くが、もう遅い。雅貴さんは満足そうにうなずいている。

これは、一緒に入浴する約束を取りつけられてしまった、ということだろうか。

ちょっと複雑な顔をしていたのかもしれない。雅貴さんがくすりと笑って頬にキスをした。

「かわいいな、ほんとに」

言われるたびに照れる。……でも、やっぱり嬉しい。

わたしを見つめ、頭を撫でて、彼はドキリとする微笑みと言葉をくれる。

「愛衣を、もらうぞ」

その言葉が意味することを考えると、心臓が痛いほど騒ぎ出した。

「はい」

小さな返事をしたわたしのひたいに、雅貴さんがキスをくれる。彼は枕の下に手を入れ、なにかを取り出し「ちょっと待ってて」と微笑んで身体を起こした。

なにかと思えば避妊具の用意らしい。誰がいつ用意したんだろう、なんて疑問が湧いてくる。

すぐに目をそらしたので着けるところまでは見ていないが、ついにくるその瞬間を思って、鼓動がさらに大きくなった。

初めてはすごく痛いと聞く。

どのくらいの痛みなのだろう。どっちにしろ、痛いのは苦手だ。得意な人はいないと思うけど。

「そんな顔をするな」

用意を終えた雅貴さんが苦笑しながら再び覆(おお)いかぶさってきた。もしかしたら、すごく情けない顔をしていたのかもしれない。彼の手に軽く脚を広げられ、ドキッというより、ビクッとした。

「怖いか？　俺にすべて預けるのが」

「そんなことは……」

おずおずと彼と視線を合わせると、真剣な目がわたしを見つめていた。その目がふわりと微笑み、気持ちが少しやわらぐ。そんなわたしに彼の唇が近づいてきた。

「大切にする」

唇が重なり、チュッと吸われる。とんでもなく大きな幸福感に包まれた次の瞬間、両脚が引き攣(つ)るような痛みに襲われた。

短い悲鳴が出そうになる。けれど、唇が重なっているせいで声は出せなかった。

「んっ……んーンッ！」

喉の奥で、苦しさのあまり呻(うめ)く。わたしは雅貴さんにしがみつき、身を強張(こわば)らせた。

唇をチュチュッと吸われるあいだにも、ズキンズキンと下半身に痛みが走る。息を吸うタイミングで雅貴さんがぐぐっと腰を進めてきているようだ。

とにかく痛い。わたしの全神経が痛みに支配されてしまった気がした。

「……つらいか?」

心配して聞いてくれたのだと思うけれど、わたしは歯を食いしばって痛みに耐えるのに必死で、答えることなんかできない。口を開いたら、みっともなく叫んでしまいそうな気がする。

「愛衣が、痛くて我慢できないなら……」

やめようか、とか、……そういうことだろうか。

「塗布用の麻酔を用意すればよかった。最初だけでも乗り切れば、こんな痛い思いをしなくてもよかったのに。すまない、愛衣」

「いりません、いりません! そんなものいりませんっ!」

わたしは咄嗟(とっさ)に声を出して全否定をする。雅貴さんが心配してくれるのはすっごくわかるし嬉しい。けど、塗布用の麻酔ってなんなんですか!

普通なら考えられないけど、雅貴さんならやりそうだ。冗談ではなくそう思える。

「しかし、つらいだろう?」

「ま……雅貴さんにされてるんだから……、大丈夫、です……」

もう、こう言うしかない。このまま痛がっていたら、本当に麻酔を用意されそうだ。

「愛衣……」

なんだか口調がしみじみしていることに気づいて雅貴さんを見つめると、彼は感動したと言わんばかりの表情で微笑み、ガバッとわたしを抱きしめ、同時にぐぐーっと一気に腰を進めてきた。

勢いがついたせいか、腕の力強さとともに彼の体温を強く感じる。とても、熱い……

雅貴さんが……わたしを抱いてこんなに熱くなるくらい興奮してる……

……なんて、感動できたのは一瞬のこと。

いきなり引き攣るような痛みが全身を貫いたのだ。

「いっ……！」

痛いっ！　それも一瞬だけの痛みじゃなくて、じわじわ痛い！　指を刃物で切ってしまったあとに、その傷口を見ながら「これは痛い」って意識してよけいに痛くなるみたいな感覚……

「嬉しいよ、愛衣……」

言葉どおり彼は本当に感動したらしく、わたしの頬や耳、首筋に何度もキスを降らせながら、ゆっくりと大きく腰を揺らし始める。

「く……ぅ、ぁっ……！」

初めての痛みは想像以上だった。けど、それ以上に彼とひとつになれたという喜びがある。わたしは無意識にこの痛みを逃がそうと、身体を動かしていた。

雅貴さんの背中に回した腕に力が入り、両脚が大きくシーツを蹴る。

すると……

「愛衣、そんなに一生懸命にならなくていい」

雅貴さんはポンポンとわたしの頭を撫で、暴れる太腿を優しくさすり、そして唇にキスをしてくれた。彼と密着している肌が熱くて、それを意識するだけで幸せな気持ちが湧き上がってくる。

やがて耐えられない痛みの中に、気持ちよさが交じるのを感じた……

好きな人と繋がっているという、満ち足りた気持ち。

愛しさで感動するって、こういう感じなのかもしれない。

「雅貴……さぁ……ん、ぁ、あっ、好きぃ……」

さっきより彼の動きが激しくなってきたのか、強く身体が揺さぶられて言葉が途切れる。

痛みがなくなったわけじゃないけど、それほど気にならなくなってきた。

雅貴さんと肌を合わせている。夫婦になって彼に抱かれているという多幸感が、痛みを上回っているようだ。

「あっ……あ、雅……ぁぁん……」

「愛衣、好きだ……愛してる」

息を荒らげ、ちょっと余裕のない彼の声。こんな雅貴さんを見るのは、初めてだ。

それだけ、わたしを求めてくれているっていうことなんだろう。

幸せな気持ちが、心も身体も昂らせる。ふわりと宙に浮いてしまいそうな感覚に襲われ、わたしは強く彼にしがみついた。

「あっ……も、気持ちよくて……ダメッ……あぁっ！」

無意識に出た言葉だけど、嘘じゃない。なんだろう、痛かったはずの部分が、逆にピリピリとした甘美な快感を伝えてくる。

それが大きな波みたいにじわじわと押し寄せてくるのだ。この気持ちよさに……呑まれてしまいそう……

「やぁっぁ……もぅ……んっんっ……──！」

「愛衣……！」

切羽詰まった様子でわたしの名前を呼んだ雅貴さんが、今まで以上に強く腰を押しつけて動きを止めた。ビクッと震えたあとに大きく息を吐き出す。

彼と繋がっている部分がビクビクと痙攣しているのがわかる。快感の波に呑みこまれた直後、キュッとその部分が締まったのがわかったけれど、これはわたしなんだろうか、それとも雅貴さん……？

お互いにまだ感じ合おうとしているみたいで、なんだか不思議。でも、とても幸せな気分。

「愛してる。大切にするよ。一生」

そう言って、雅貴さんがわたしの髪を撫でる。

「雅貴さん……」

唇が近づき、優しく触れるだけのキスを何度もされた。くすぐったいような照れくさいような温かな感覚がこみ上げてきて、涙が出そうだ。

「離さない……。愛衣……」

——幸せで、堪らない……

わたしは本当に泣いてしまっていたのかもしれない。雅貴さんの唇に目元を優しくなぞられ、温かな腕に包みこまれた。

第三章　新婚、なんですけど……

「本当は二週間……、いや、一ヶ月くらい休みをとりたかったんだ……」

空港に向かう車の中で、しみじみと言った雅貴さん。あまりに真剣な表情で言うものに決まっている。

だから一瞬本気かと思ったけれど、彼のお仕事を考えたらそんなに長く休むなんて無理
結果、わたしたちの新婚旅行は一週間。五泊七日のハワイ旅行となった。

旅行のプランは雅貴さんが立ててくれたのだけれど、イメージ的にイタリアとかフランスとか海外旅行初心者にはハードルの高そうな場所を選ばれそうでドキドキしていたのだ。行き先がなじみやすそうなハワイでよかったと思う。

「愛衣は海外は初めてだろう？　ハワイは日本人観光客が多いから日本語の通じる店も多いし、片言の英語でもなんとかなる。二月はまだ雨季だが、雨ばかり降っているわけではないし、乾季のように気温が高くならないから、暑さに弱い愛衣にはいいだろう」

そんな説明をされて、胸がきゅんとした。

雅貴さんは初海外旅行のわたしのことをちゃんと考えたプランにしてくれていたのだ。

「そのうち、フランスとかイギリスなんかにも遊びに行こう。将来的に……俺の仕事の関係でアメリカやらヨーロッパやらについてきてもらわなくてはならなくなる。でも、重く考えなくていい。まずは旅行がてら、少しずつ海外に慣れていこう。俺がそばにいるから」

楽しい話に、ちょっとの緊張感を含む話題が交ぜられる。けれど、それを不安に思わせない力強さといたわりを感じた。

雅貴さんの奥さんになる不安がまったくなくなったわけじゃない。けれど、優しくて頼もしい彼がそばにいてくれるなら大丈夫だと思えた。

結婚してから、わたしの雅貴さんへの気持ちは高まるばかり。

そんな彼との新婚旅行が、楽しみで楽しみで堪らなかった。

――雅貴さん……大好き……

「……大好き……雅……貴さ……んっ……」

「俺も大好きだよ」

ハッキリとした彼の声が耳に響き、わたしはパチッと目を開ける――

夢から覚めた瞬間、ガバッとベッドから飛び起きる。すると、はらりと上掛けが滑り落ち、裸の上半身があらわになった。

「朝から刺激的だな」

言葉のわりには冷静な雅貴さん。いまだベッドで全裸のわたしに対して、とっくに起きていたらしい彼はシャツにジーンズという極めてラフなスタイル。でも、世界一素敵に見えるのは新妻の欲目ではない……と言いたいっ。

わたしは慌てて上掛けを胸の上まで引っ張り上げる。そんなわたしを見てクスクスと笑いながら、彼は大きなベッドに腰を下ろしてわたしに身体を寄せた。

「おはよう。世界一かわいい、俺の奥さん」

蕩けてしまいそうな甘い声で囁き、雅貴さんがわたしの頬にくちづける。

キスもそうだけど、彼の声や言葉、仕草のひとつひとつにうっとりしてしまう。

「よく眠っていたね。昨夜は疲れた？　二晩も続けてパーティーだったからね。でも、俺の名前を寝言で口にするということは、疲れた原因は愛衣のイヴニングドレス姿に我慢できなくなった俺が、明け方まで離してあげなかったせいかな？」

「ま、雅貴さんっ」

ハッキリ……でもないけど、意味ありげに言われても恥ずかしいです！

――新婚旅行から四日目の朝。

五泊予定している旅行は、前半と後半で宿泊するホテルが違っていた。なので昨日まで部屋の風景が違う。ただ、どちらの部屋もハイグレードなホテルのスイートであるというのは変わらない。

広さはもちろんだけど、当然のようにオーシャンフロント。絵葉書も真っ青になるくらいの絶景が窓の外に広がっていた。おまけにこのホテル、プライベートビーチまである。

……ついつい、一泊いくらするんだろうと金額が気になってしまう。

今は、その大きな窓にカーテンが引かれている。明るい光が透けて見えることから、朝であることは間違いないようだ。

「あの、今、何時くらいですか？」

「朝の十時すぎかな」

「ひぇっ!?」

とんでもなくおかしな声が出てしまい、わたしは慌てて上掛けを押さえつつサイドテーブルの時計を確認しようと身を乗り出す。

ベッドが大きくて身を乗り出すように手を伸ばしても時計まで届かず、うつ伏せになるくらい伸び上がってしまった。

うわ、本当に十時だ。わたしったら、すっごく寝てたんじゃない？

……朝方まで雅貴さんに寝かせてもらえなかったのは本当だけれど……

それにしたって、大寝坊だ！

「雅貴さん、ごめんなさ……！」

謝りながら振り返ろうとすると、シーツに伏せていたわたしの背中に、雅貴さんが覆いかぶさってきた。

「大丈夫だよ。愛衣がゆっくり休めたなら、それでいい」

「でもあの、朝食は……」

「部屋に運ばせる予定だったけど。すぐ食べるかい？　ああでも、これから身支度をするなら、いっそブランチに変更するっていう手もあるな」

「ブランチ……ですか」

朝寝坊ご飯も、雅貴さんが言うと、なんだかお洒落（しゃれ）に聞こえるから不思議。

……それにしても、真っ裸の背中に覆（おお）いかぶさられているので、お尻の辺りまで彼とくっついてしまっていて、恥ずかしい。

すると、その背中に雅貴さんが唇を這（は）わせてきた。

「ま、雅貴さ……」

「ねえ、愛衣。今日は出かけないで、部屋で一日ゆっくりしていようか？」

「部屋で……ですか？」

背中にチュッチュッと吸いつかれながら言われて、ゾクリと腰が引き攣（つ）る。

な、な、なんですか？　つまり、一日中部屋でそういうことをしましょう、って意味ですかっ!?

毎晩雅貴さんに抱かれているだけでも頭の中が溶けちゃいそうになるのに、一日中そんなことされたら、わたし本当に跡形もなくなっちゃいますよ！

熱くなった耳に、くすりと甘い微笑が落とされる。

「昨日一昨日（おととい）と、夜はパーティーの同伴で忙しい思いをさせてしまったから、今日は部屋でゆっくりすごさないか？　夜は、日本食の店に行こう。会員制の落ち着いたいい店があるんだ」

「雅貴さん……！」

いやらしいことを考えてしまった自分が恥ずかしい。こんなにもわたしのことを考えてくれる彼に胸がジーンと熱くなった。

雅貴さんが社長を務めるラリューガーデンズホテルチェーンは、海外にも多くの系列ホテルを有している。その関係で彼には外国の知人も多く、昨日一昨日と二日連続で宿泊先ホテルのオーナーや仕事関係者、友人たちが集まり結婚を祝うパーティーを開いてくれた。雅貴さんの妻として、当然わたしもパーティーに顔を出さなくてはならない。

初めてのパーティーに緊張したけれど、怖いとか逃げ出したいとか、そういうネガティブな気持ちにならなかったのは雅貴さんのおかげだと思う。

外国のセレブっぽい方々に本格的な英語で挨拶をされたり、ダンスらしきものに誘われて戸惑ったりしたけれど、雅貴さんがそばにいてフォローしてくれたから。

「……ありがとうございます……。でも……わたしより雅貴さんのほうが疲れたんじゃないですか？　英語ができないわたしのぶんまで皆さんとお話ししてくれていたから……。役に立てなくてごめんなさい……」

「なにを謝ることがあるんだ。こんなにかわいい愛衣を一人にできるわけないだろう。終始俺がくっついていなかったら、誰にさらわれるかわかったものじゃない」

「もう、変なこと言ってぇ」

わたしはクスクス笑ってしまう。そういえば、雅貴さん、結婚式でも似たようなことを言っていなかったっけ？

「だから、今日はゆっくりしよう。スパに浸かって二人でボーッとするのもいいな」

「……一緒に、は駄目ですよ……？」

「どうして？」

控えめに申し出るわたしの顔を背後から覗きこんだ雅貴さんは、どことなく意地悪な顔をしているような気がする。

わたしが言いたいこと、絶対にわかってますよね？

ちょっとだけ唇を尖らせたわたしに、彼はぷっと噴き出した。そして、後ろからわたしの裸のお尻をさわさわと撫で始める。

「そうは言ってもなぁ。今だって、この手を動かしたくてウズウズしてるんだぞ」

「ま、雅貴さんっ」

「でも、ここで動かしたらブランチが取れなくなるし、きっとディナーにも行けなくなるような気がするから、我慢するよ」

そうやって笑う彼がなんだかかわいく見えて、思わずわたしはチュッと雅貴さんの頬にキスをした。

「あの……ディナーが終わってから、なら……、その」

言わなくても悟ってくださいと思いながら、言葉を濁して彼を見上げる。彼は一瞬目をぱちくりとさせてから、わたしをぎゅっと抱きしめた。

「愛衣は……最高の奥さんだ」

そんなこと言われると、照れちゃいます。

でも、すごく幸せな気分……

とても素敵で楽しい新婚旅行。――そこで……ふと、考えた。

わたしは雅貴さんにいろいろしてもらって嬉しいけど、彼はそのぶん、たくさん気を使って疲れるんじゃないだろうか。

「あの……雅貴さん」

わたしがおずおずと切り出すと、彼は「ん？」と腕の力を緩めてわたしを覗きこむ。

「ほんとに素敵な新婚旅行で、わたし、夢みたいです。ありがとうございます」

「愛衣が喜んでくれたなら、それでいい」

「だからわたし、日本に帰ったら、頑張りますね」

「頑張る？　なにをだ？」

「いい奥さんになれるように。少しでも雅貴さんのためになれるような……」

「愛衣……」

口にはしてみたものの、これってすごい目標ではないだろうか。我ながらなにを生意気なと思わなくはないけれど、決意の赴くまま、わたしは彼に宣言する。

「雅貴さんはすごい人だから、いきなりそんな人を支えていけるように……なんてできないけど、でも、それに近づけるように頑張ります。わたしがしたことで雅貴さんが喜んでくれることがあったら、わたし、すごく嬉しいし幸せだし……」

調子に乗ってそこまで喋ってから、雅貴さんが驚いた顔でわたしを見ていることに気づいて、ハッと言葉を止める。

ちょ……ちょっと、調子に乗りすぎた？

「愛衣……」

「は、はい……」

「ったく！　おまえはぁっ！」

なんですか、怒ったんですかっ!?　……と思ったけど、彼の声は、怒った、というよりは焦れた、という感じで、わたしはその勢いのままくるっと仰向けにひっくり返されてしまった。

「きゃぁあっ……！」

わたしはつい悲鳴を上げてしまう。

それは決して、雅貴さんに大きな声を出されて驚いたとか、ひっくり返されて驚いた、とかではなく……いや、それに近い。いきなり身体を返されたせいで上掛けを押さえる間がなかった。つまりは素っ裸の状態で仰向けになってしまったわけで……結婚してから裸なんか毎晩見られているけど、やっぱり恥ずかしい！

「そうやってかわいいことばかり言って、我慢できなくなるだろう！」

裸で慌てるわたしの抵抗なんてお構いなしに、雅貴さんは唇を重ねてきた。すぐに唇の隙間から彼の舌が口腔内に入りこみ、巧みに口内をなぞっていく。

「んぅっ……ウンッ……」

苦手な苦いコーヒーの味がする。でも、舌の動きがくれる甘い快感のほうが強くて全然気にならない。喉の奥で呻くと、なんだか興奮してきてしまう。

この気持ちよさに便乗してわたしも舌を動かしてみようとするけれど、お世辞にも上手くできているとは言えない。

自分から舌を動かしてキスに応えるって難しい……

そんな不器用な舌を絡め取り、雅貴さんの舌が一緒になって動く。こうやってするんだよって教えてくれているみたいで、ちょっと嬉しい。

「……ブランチ、諦めるか……？」

キスで蕩けそうになっている中での提案。どうして？　と首をかしげて見せると、彼はふっと微笑んでわたしの胸の先端を指でキュッとつまんだ。

「はぅんっ……！」

「硬くなってるから。愛衣を興奮させたまま放置するのは、かわいそうだ」

「こ、興奮って……」

……してたけど……

でも、それって本当にわたしのためだけですか？　脚に感じる雅貴さんの下半身の状態に照れつつ、わたしは両腕を彼の背中に回す。

「ディナーは、キャンセルしちゃいやですよ？」

「ディナーの後の約束も、キャンセルなしで」

なんのことかと思うがすぐに思い出し、わたしは「もうっ」と言いながら、雅貴さんの背に回した手で彼の頭をポンッと叩いた。

そんなに蕩かされてばかりいたら、新婚旅行が終わるころには、わたし本当に溶けてなくなっちゃいそうですよ。

「雅貴さん……大好き……」

囁く唇が彼にふさがれる。素肌を重ねる心地よさに陶酔し、わたしはされるがまま彼が与えてくれる悦びに浸った。

――こうして、新婚旅行の日々は幸せいっぱいにすぎていったのである。

新婚旅行から帰ると、わたしの家は西園寺家になった。

西園寺家は西洋風の四階建てのお屋敷で、家もお庭もビックリするほど広い。この空間だけ、外国なんじゃないかと思うくらいだ。

とはいえ、わたしにとっては子どものころから何度も来ている、勝手知ったる他人の家だし、使用人や出入りの人たちも顔見知りが多い。

引っ越したといっても、さほど不安はなかった。それに、なんといっても雅貴さんが一緒だ。それが一番心強かった。

新婚旅行から帰った日の夜。

夫婦の部屋に備え付けられているバスルームから出たわたしは、脱衣場から彼に声をかけた。

「雅貴さんは、明日からすぐお仕事なんですね」

ネグリジェを羽織って顔を上げると、すぐ目の前に雅貴さんが立っていて、わたしは「わっ！」と声を出して驚いてしまった。

ついさっきまで、ソファーに座ってセンターテーブルの上のパソコンを眺めていたのに。

「ああ。明日は新婚旅行から帰って初出社だからな。冷やかされるのを覚悟して行かないと。だが、あまり遅くならないように帰ってくるつもりだ」

楽しそうにそう言いながら、雅貴さんがわたしのネグリジェのボタンを留め始める。

その仕草はとても自然で、当然のことをしていると言わんばかりだ。

旅行中もそうだったけど、いつも着替えを手伝ってくれるんだよね。

ワンピースの背中のファスナーの上げ下げとかならともかく、洋服のタイを結んでくれたり、ボタンを留めたり、羽織ものを着せてくれたり……

さも当たり前みたいにやってくれるから、なにも言えないでいる。

「冷やかされると言うわりには楽しそうですね？」

「楽しいな。愛衣とのことを冷やかされるなんて、考えただけで表情筋が緩みそうだ。明日は終日、締まりのない顔をしてしまいそうだから気をつけないと」

ボタンを留め終えた手を、ポンッとわたしの頭に置く。

「俺も着替えてすぐ行くから。先に寝室へ行っていて。愛衣も疲れただろう？　今夜は早く寝よう」

「はい」

旅行で留守にしていたあいだの仕事が溜まっているんじゃないだろうか。そんな気がちらっとしたけれど、わたしは素直に返事をして寝室へ向かう。

西園寺家に用意されていた夫婦の部屋は、メインルームとベッドルームが別になっていて、さらに彼の書斎まであった。

もともと二階にあった雅貴さんの部屋も広くて立派だったけど、それ以上だなんて、なんだかまだ新婚旅行先のホテルにいるみたいだ。

夫婦の部屋には花が飾ってあったり、明るい色のカーテンが使われていたり、陶器のかわいい置物があったりと細(こま)やかな心遣いを感じる。

さらに夫婦の部屋は四階で、家族や住み込みの使用人さんが近くにくることはめったにないそうだ。

新婚だから周囲が気にならないように、と気を使われたんじゃないかって思うと、ちょっと恥ずかしい。

新婚旅行から帰ってくると部屋はすっかり整えられていて、わたしが実家から持ちこんだ荷物は、本や洋服にいたるまで綺麗に整頓されていた。

戻ったら、まずは部屋の片づけから始めなくちゃ、と覚悟していたので、驚いてしまった。

「わーぁ、ふかふかぁ」

真新しいベッドの中央に座り、軽くポンポンと跳ねてみる。ふわんふわんとするのは羽毛蒲団(ぶとん)のせいだろう。

寝室だけでも相当の広さがある。ベッドも当然大きい。ダブルベッド……ううん、ダブルより大きいと思う。

「これから、ここで雅貴さんとの新しい生活が始まるんだよね……」

今は立派すぎてちょっと落ち着かないけど、そのうち慣れるに違いない。いや、慣れなくちゃ！

わたしはこれからの決意を固め、ふわふわの蒲団の中に入った。そして、ハアッと大きく息を吐く。

身体を横に向けて、隣の大きな枕をポンポンと叩いた。

「雅貴さんが来るまで、起きてたほうがいいかな」

すぐに来るとは言っていたけど、仕事に関係するものを見ていたのを知っている。

「お仕事大変なんだろうな……」

雅貴さんのために、なにかできるようになりたい。彼を支えられるように、わたしも頑張るんだ。

旅行中の決意を思い出し、わたしはその気持ちを新たにする。

「だってねぇ、奥さんですからっ」

自分で言って、その言葉に照れくささが湧き上がった。

新しい生活に浮かれている自分を感じつつ、わたしはもう一度、「奥さんだもん！」と口にして、蒲団を頭の上まで引っ張り上げたのである。

ガサガサ……バサッ……と、衣擦れの音が耳に入ってきて、ゆっくりと意識が浮上する。

あれ？　わたし確か、ベッドの中で雅貴さんを待っていたんだよね？

そのわりには、なんだか頭がボーっとする……

重たく感じる上半身を起こし、目をこすった。クローゼットの大きな鏡の前に立っていた雅貴さんが、わたしに気づいて振り向く。

「起こしてしまったか。すまない。おはよう、愛衣」

「おはよう……ござ……」

えっ⁉　おはよう⁉

わたしは慌ててサイドテーブルの置時計に顔を近づける。

五時三十分………？

雅貴さんを見ると、彼はわたしを見つめてにこりと微笑む。ちょうどネクタイを締め終えたところらしく、手にはベストを持っていた。

「え、これから……お仕事、ですか？」

「今朝は早く出なくてはならない用ができてね。まだ早いから、愛衣はゆっくり寝ているといい」

「……でも」

「六時半に紅茶を頼んである。そのときに、希望の朝食時間を伝えれば食堂に用意してくれる」

「雅貴さん、朝食は……」

「すまない、先に済ませた。一緒に食べられなくて残念だが、今日はしょうがない」

話しながら雅貴さんはベストに腕を通し、さっと上着を羽織る。

その様子を見ていたわたしは、なんだか気持ちが沈んでしまった。

「そう、ですか……」

なんてことだろう。朝は先に起きて雅貴さんの出社のお手伝いをしようと思っていたのに。初っ端（しょぱな）から大失敗だ。

早く出ることを知らなかったとはいえ、パジャマでは玄関までお見送りもできない。

知らずうつむいていた顎（あご）を、いきなりクイッと上げられる。いつの間にかそばに来ていた雅貴さんが、心配そうにわたしを見ていた。

「どうした？　朝食を一緒にとれなくて寂しいのか？　すまない。あんまり早く起こすのもかわいそうだから、声をかけなかったんだ」

なんか、かわいい理由で落ちこんでいると思われてる。わたしは慌てて両手を胸の前で振った。

「違います。その、ちっとも奥さんらしいことができなかったと思って」

「奥さんらしいこと？」

「はい……。雅貴さんより早く起きて、コーヒーを淹れてあげたり、着替えの手伝いをしてあげたり、いろいろしてあげたいと思っていたんですけど……」

「愛衣っ！」

ガバッと抱きしめられた。

「ま、雅貴さん!?」

ぎゅうっと腕に力を入れられ、頭に頬擦りされる。朝から熱烈な抱擁をされて、ぼんやりしていた頭が一気に覚醒した。

「いいんだ。愛衣は、こうして俺のそばにいてくれるだけでいい」

「で、ですが……」

「愛衣は全身で妻としての役目をシッカリと果たしてくれている。だから大丈夫だ」

「ぜ、全身って……」

なんだか言い方がいやらしいですよ、雅貴さんっ！

それってつまり、妻として夜のお勤めをしているからいいんだ、ってことですか!?

「そばにいるだけで俺を癒してくれている。愛衣にしかできない、妻としての役目だろう？」

あ……そっちですか。

自分の思い違いに、カアッと顔が熱くなった。その頬に雅貴さんがキスをする。

「真っ赤になって。本当にかわいいな。早く愛衣のもとに帰れると思えば、さっさと仕事を片づけてしまおうという意欲が湧いてくる」

「もう、大袈裟ですよ」

「大袈裟じゃない。本気だ」

照れながら彼を見つめていると、静かに唇が重なる。深くくちづけられそうになり、わたしは彼の胸を両手で押した。

「どうした?」

雅貴さんが少し唇を離して問いかけてくる。それでもわたしの身体から腕を離そうとはしない。

「だって、わたし、まだ顔も洗っていないし」

「関係ない。旅行中は寝ながらキスをしていただろう?」

「寝ながら……。それは知りません」

「俺がしていた。何回も」

黙っていた悪戯を、暴露するように言われて、ぷっと噴き出してしまった。

なごんだ雰囲気で見つめ合い、再び唇が近づくが……

壁側に置かれたコンソールテーブルからスマホの着信音が聞こえた。わたしはつい顔をそらして、スマホのほうを見てしまう。

「雅貴さん、電話」

「ああ……たぶん、秘書だろう」

わたしの気がそれたことでキスを諦めた彼は、そっとベッドを下りる。雅貴さんの顔がすごく残念そうに見えて、わたしはちょっとおどけてみせた。

「こんなときに、野暮な電話ですね」

「そう思うか？」

「はい」

笑顔で答えると、雅貴さんは大きくうなずきながら鳴り響くスマホのほうへ歩いていく。

「わかった。そんな野暮な秘書はクビにしよう」

「わーっ！　野暮じゃないですっ！　時間に忠実で真面目な秘書さんじゃないですかぁ!!」

わたしはベッドから転げ落ちそうな勢いで身を乗り出し、雅貴さんの言葉を否定した。

じょ、冗談に聞こえませんよ、雅貴さん！

寝起きで紅茶を持ってきてもらえるなんて、外国のお貴族様みたい。

新婚旅行先のホテルでもＶＩＰ専用のバトラーという人がいて、食事とか移動のお世話をしてくれたけど、帰ってきてまでそんなＶＩＰ扱いを受けるとは思わなかった。

朝食を食べに来た食堂で、わたしはついハアッと息を吐く。

旅行先ではしょうがなかったとはいえ、日本でもナイフとフォークを使って朝食を食べることになるとは。

「愛衣ちゃん、まだ疲れが残っているのかしら？」

問いかけられて顔を上げると、広いテーブルの向こう側でお義母さんが微笑んでいる。

食堂にはわたしとお義母さんだけだ。お義父さんも今朝は早かったらしく、すでにお屋敷を出ていた。

「雅貴に、愛衣ちゃんを疲れさせちゃ駄目よってあれほど言ったのに。帰ってきたら怒ってやるから」

「違います、違います。あのっ、やっぱり日本の空気はいいなぁ、って、しみじみしているだけなんです。新婚旅行はすっごく楽しくて、疲れるなんてそんな、まったくっ！」

「そうなの？」

「はい！　雅貴さんが、なんでもやってくれたので」

「ん～、そうでしょうねぇ。あの子のことだから、愛衣ちゃんにベッタリだったでしょう？」

……よく、わかっていらっしゃる……

「雅貴がベッタリくっついていれば、外国のイケショタだろうとナイスミドルだろうと愛衣ちゃんには近づけないものね。まったく、いい年をして余裕のないこと」

お義母さんは楽しそうに笑いながら食事を続ける。反対に、わたしは目をぱちくりとさせながらその言葉を聞いた。

「ところで、愛衣ちゃんは今日はどうするの？　屋敷にいる？」

考えこみそうになった思考がお義母さんに引き戻される。わたしはナイフとフォークを置いて、牛乳のグラスを手に取った。

「とりあえず、お掃除とか雑用を済ませてからお買い物にでも行こうかと……」

「お買い物はわかるけど、お掃除って？」

「お部屋のです。雅貴さんとわたしの」

「あら？　なにかあった？　花瓶のお水でもこぼしたのかしら。すぐに片づけさせるわね」

お義母さんが片手を軽く上げると、壁側に立っていた若い男性の使用人が近寄ってくる。わたしは慌てて口を出した。

「え、あ、違います、お水はこぼしていません！　あの、お部屋を片づけるっていうか、整えるっていうか、日常的なお掃除、っていうか」

「日常的なお掃除？」

お義母さんは不思議そうな顔をするけれど、すぐに察しをつけて呼び寄せかけていた使用人さんを壁側に戻らせた。

「そんなものはハウスキーパーに任せておけばいいわ。だいたい、愛衣ちゃんに掃除をさせたなんて雅貴に知れたら、あのかわいげのない顔で嫌味を言われちゃうわ」

……か、かわいげのないって……お義母さん。

ときどき不意打ちでかわいい顔をするんですよ……と言いたくなる気持ちをグッと抑え、わたしは控えめに申し出てみる。

「でも、自分たちの部屋ですし……」

「いいのよ。そのために使用人がいるんだし。愛衣ちゃんはしなくていいわ。それに下手に手をつけたら、使用人たちの仕事を取ることになるでしょう？」

「それは、そうですが……」

「だから、買い物があるなら遠慮なく行ってらっしゃい。そうだ、私も午前中は少し出るから、待ち合わせて一緒にランチでもどう？」

「あっ、買い物って言っても私物じゃないので……。お掃除したあと時間があったら、お買い物のお手伝いをしようと思っていただけなんです」

「買い物の手伝いって？」

「お夕飯とか、生活用品とかいろいろです。この家でわたしにできることがあれば、と思って」

お義母さんが食事の手を止めてわたしを見る。その手のフォークからスクランブルエッグがポロリと落ちた瞬間――

「愛衣ちゃんっ！」

「はっ、はいぃっ!?」

ナイフとフォークを置いて勢いよく立ち上がったお義母さんが、その勢いのままわたしのほうへ歩いてくる。

怒られる？　これって、怒られる流れですか!?

そうか、お掃除を「使用人の仕事なんだから」と諭された時点で、お買い物のお手伝いとか言っちゃいけなかったんだ。

でも、でもですね、奥さんとしてそれくらいはしたいと思うんですよ……！

「もおぉっ、なんてかわいいのっ!!」

「ひえ？」

横からガシッと抱きしめられ、わたしはその衝撃でこぼれそうになった牛乳のグラスを慌てて上に掲げる。

「雅貴のためになにかしたいって思ってくれているのね？　昔からわかっていたけど、本当に愛衣ちゃんはいい子ねぇ！」

「あっ、ありがとうござっ……」

「でもね、愛衣ちゃんはそこまで考えなくていいのよ！　もう、雅貴の説明不足ね！　私が怒っておいてあげますからね！」

「ちっ違うんですっ、雅貴さんはなにも……！　わたしが勝手にっ！」

雅貴さんが悪者にされかかっていることに気づき、わたしは慌てて言い募る。けれどお義母さんは、わたしから離れポンポンと頭に手をのせてきた。

「それでもね、気にさせてしまった時点で雅貴の落ち度よ。まぁ、それは置いておいて……今日のランチはＯＫ？　そうだわ、陽子さんにも声をかけましょう。女三人で楽しくお喋りしましょうよ。旅行中のノロケ話とか聞かせて」

「ノ、ノロケ……ですか？」

困った注文だと思いつつ、顔が熱くなる。そんなわたしを見たお義母さんがニヤニヤした気はするけれど、話がそれてよかった。

「わたしは大丈夫ですけど、お義母さんは大丈夫ですか？　お出かけされるんですよね？」

「ええ。数ヶ所、主人と一緒に挨拶に回るだけよ。そんなに長くかからないわ」

「お仕事ですか？」

「そうね、妻としてのお仕事……かしら？」

なんでもないことのように言い、お義母さんは席に戻る。

お義母さんは西園寺ホールディングスの社長夫人だ。取引先に挨拶に行ったり、会社関係の行事でお義父さんに同伴し、妻としてのお仕事をしたりしなくちゃならないんだ。

いつかは……わたしもそういったことをしなくちゃいけないんだろうけど……

お義母さんみたいに、上手くやっていけるだろうか。

新婚旅行のときのパーティーで、お仕事関係の人から挨拶されたけれど、その際応対してくれたのはほとんど雅貴さんだったし。

一気に不安が押し寄せてくるものの、首を振ってその不安を打ち消した。

わたしがきちんと妻としての役目を果たしていけるようになったら、きっと雅貴さんのためにもなる。だから、頑張ろう。

自分でうんうんと納得して、わたしは手に持ったまま飲むチャンスを失っていた牛乳に口をつける。ちょっとのつもりだったのに一気に飲んでしまい、給仕をしてくれている家政婦さんが「おかわりをお注ぎしますか？」と笑顔で聞いてくれた。

「お願いします」

テーブルに置いたグラスに、大きな瓶から牛乳が注がれる。

牛乳パックじゃなくて瓶に入っていると高級に見えてしまうのは、どうしてなんだろう。

実際、ラリューガーデンズホテルチェーンで提供される乳製品と同じ、西園寺家が専属契約している酪農家から仕入れている牛乳らしくて、味が濃くて美味しいのだ。

「そうだ……お土産、渡しに行こうかな」

なんとなく思い立って呟くと、お義母さんが顔を向ける。

「陽子さんに？　お土産なら雅貴と一緒のときのほうがいいんじゃないかしら」

「あ、はい。母たちには雅貴さんと一緒に渡しに行く予定です。なので、今日は大学の友だちにお土産を渡しに行こうかなって」

碧や親しい友だちにお土産を買ってきていた。お掃除やお買い物など、今日予定していたことがなくなってしまったので、会いに行くのもいいかもしれない。

「いいわね、行ってらっしゃいよ。あっ、でも、ランチの約束は忘れないでね？　陽子さんに連絡を取って、時間と場所が決まったら愛衣ちゃんに連絡するわ」

「はい、わかりました。あっ、でも、ランチはわたしでもわかる場所にしてくださいね。お義母さんお薦めの高級なお店の場所とかは、サッパリですから」

ちょっと冗談まじりで口にすると、お義母さんは楽しそうに笑った。

「大丈夫よ。うちの運転手はだいたいの場所を把握しているから、どこでも連れて行ってくれるわ。ああ、お友だちに会いに行くときも、詰所に言って車を出させてね」

「え？　車？」

「ボディガードは勝手についていくから気にしなくていいわ。姿が見えなくてもそばにいると思って安心してちょうだいね」

にこやかに笑うお義母（かあ）さんが、意味ありげにわたしの背後に視線を向ける。

お義母（かあ）さんの視線を追って背後に身体をひねる。壁側に、婚約後からわたしについていたボディガード、命名ハンターさんがいた。

……ボディガードの存在を、すっかり忘れていたよ……！

食堂へ入ったときはいなかったのに、いつの間に立っていたんだろう。全然気がつかなかった。

ハンターさんが軽く会釈（えしゃく）をするので、わたしもおそるおそる会釈（えしゃく）をする。わざとらしくならないように前を向き食事を再開させた。

「あの……お義母（かあ）さん……」

声を潜（ひそ）めたわたしをおかしく思ったのか、お義母（かあ）さんは食事の手を止めてこちらを見てくる。

「……ボディガードって……お義母（かあ）さんにもついているんですか……？」

「特別な行事のときには、ついているわね」

なにか察してくれたのかもしれない。お義母（かあ）さんの声も小さくなる。

それからすぐに食事を再開し、そのまましばらくは二人とも無言だった。

「雅貴……心配性なのよ……」

少し間があいたのでわたしに聞かせようとしたのかはわからない。けれど、お母さんが呟いた一言が、妙に胸に残った。

朝食のあと、わたしは部屋に戻ってスマホを手にする。

前もって予定を聞いていないのでどうかなとも思ったけれど、思い立ったがなんとやらの勢いで、わたしは碧に連絡をとってみた。

彼女は午前中、サークルの集まりに顔を出すため大学へ行くらしい。

「大学かぁ、わたしも行こうかな。みんなにまとめてお土産渡せそう」

通話をしながら部屋のソファーに腰を下ろす。でも、お土産の山から大学の友だちの分を探し出すのは、時間的に無理かもしれないことに気づいた。

『いいじゃない、おいでよ～。サークル棟にいるからさ。新婚旅行についてノロケていいよ～。むしろ待ってるっ』

「なによそれぇ」

碧の調子のよさに笑い声を上げるものの、これは必死にお土産の山を掘り起こさなくては、と覚悟を決める。

友だちと話しこんでお義母さんとの約束を忘れないように気をつけなくては。気がついたら時間が過ぎていた……なんて、笑えない。

「お昼に約束があるから、あまり長くはいられないと思うけど……」

『いいよ、いいよ、いざとなったら誰かの車で送ってもらいなよ』

「それが、たぶん、車で行くと思うんだ」

『うわぁ、さすが社長夫人～。もしかして、ボディガード付きだったりする？』

「うん、いつの間にかついてきてるんだもん」

笑いながら言うと、電話口で碧が黙ってしまった。

「碧？」

不思議に思って呼びかけると、ちょっと深刻になった声が聞こえてきたのだ。

『それってさ、やっぱり、おかしくない？』

「おかしい……」

『うん……だってさ、なにか特別なイベントがあって、っていうならともかく、いつもついてくるんでしょ？』

碧の感じる疑問は、わたしがお義母(かあ)さんと話しているときに感じた疑問と同じだった。

でも、それを認めてしまうのはなんだかいけない気がして、ごまかすような笑みを浮かべた。

「ゴメン、碧。今日はやっぱり、やめておこうかな……。昼までだとあんまり話もできないだろうし。また今度、ゆっくり会おうよ」

『……うん、いいよ。わかった』

碧は、なにも聞かずにそう言ってくれる。改めて会えそうな日を見つけて連絡すると約束して、通話を終えた。

スマホを握るわたしの脳裏に、先ほどのお義母(かあ)さんの言葉がよみがえる。

――雅貴……心配性なのよ……

「おかしく……ないよ……、きっと」

雅貴さんは、わたしを心配してくれているだけ。

彼に愛されていることは、わたし自身がよく知っている。

「そうよ……、おかしくなんか……」

わたしは、何度もそう自分に言い聞かせた。


――西園寺家で生活をするようになって、一週間。

わたしは、これまでの生活とかけ離れた、セレブな日常に慣れようと必死になっていた。

掃除や買い物くらいはと思うものの、使用人さんたちのお仕事を取るわけにもいかない。雅貴さんのお嫁さんとして、できることをしたいと、しゃしゃり出るのはやめた。

でも、せめて自分の身の回りのことくらいは、自分でやっても許されるだろう。

……がっ、しかし！

それすらも困難であることを、わたしはすぐに思い知った。

たとえば自分の部屋のごみを袋にまとめることさえ、優秀すぎる西園寺家のハウスキーパーさんがやってしまうのだ。

ここまでくると、なんだったらやらせてもらえるのか逆に聞きたくなってくる……

それでも雅貴さんの奥さんらしいことはしたいので、彼の着替えやタイピンやカフスといった小物を揃えたり、出社前にネクタイを結んであげたり……、細々（こまごま）したことをやらせてもらっている。

そしてもうひとつ。使用人さんの仕事を取っていると言われても、譲れないことがあるのだ。

「雅貴さん、コーヒーを持ってきました」

ノックをしてから書斎のドアを開けると、一瞬厳しい表情をした雅貴さんが目に入ってドキッとする。しかし彼は、わたしに気づいてすぐににこりと微笑んでくれた。

「ありがとう、愛衣」

デスクに近づいていくと、雅貴さんが書類をよけて場所をあけてくれる。コーヒーカップを置いた直後、椅子を回してわたしへ身体を向けた彼に、腰を抱き寄せられた。

「ここまで持ってきてくれたのか。大変だっただろう」

椅子に座っている雅貴さんの顔は、立っているわたしの顔の下にある。見上げるようにして微笑まれると、なんだかかわいいと思えてしまうから不思議だ。

「大丈夫ですよ。部屋の前まではワゴンで運んできたし。今日はですね、わたしがコーヒーを淹れたんですよ」

「えっ!?」

「いつものバリスタさんじゃないから、美味しくなかったらごめんなさい。でも、教えてもらいながら慎重に……」

「なんということをするんだ！」

いきなり雅貴さんが大きな声を出したので、わたしは言葉を止める。大きな声、といっても怒っているというよりは、困っている口調だった。

「そんなことをして、もし火傷でもしたらどうする！」

「……いえ〜、それはぁ〜……」

「もしカップが欠けて、手を切ったら……！」

「いやいや、それは考えすぎでは〜……」

「そもそも、どこで淹れたんだ。厨房か？　あんな足場の悪い場所でもし転んだら……！」

「雅貴さん！」

わたしがちょっと大きな声を出すと、雅貴さんの口が閉じる。大きく息を吐き、わたしはトレイを持ったまま腰に手を当てた。

「そんなこと言ったら、わたしこの家で、なんにもできないじゃないですかっ」

怒ったわけではないけれど、口調が強くなったせいで雅貴さんは驚いた顔でわたしを見ている。

「わたしはもっといろいろなことがしたいんです。雅貴さんの役に立ちたいし、奥さんらしいことがしたいんですよ。ここではみんな、役割が決まっているから我慢してますけど、本当は……」

「わかった、わかったから」

ひょいっと腰を持ち上げられ、ストンッと雅貴さんの膝の上に横座りさせられる。まるで小さな子どもを膝にのせるみたいな扱いに、わたしはついムッとしてしまった。

「そうやって、いつも子ども扱いしてっ。なにもさせてくれないし……。わたし、こんなんで本当に雅貴さんの奥さんって言えるんですかっ」

「愛衣は俺の奥さんだろう？　愛衣にしかできないことを、たくさんしてくれている」

「エッチしてれば奥さんなんですか！　わたしは身体しか役に立てないんですか！」

なんだか大胆なことを言っている気がする。

でも、気持ちが荒れているせいか恥ずかしいとは思わなかった。雅貴さんに向かってこんなふうに感情をぶつけるのは初めてだ。

　こんなところが、子どもっぽいのかも……

「愛衣」

　自分の言動に困惑し始めたわたしを、雅貴さんは優しく抱きしめてくれる。怒るわけでも、声を荒らげるわけでもなく、わたしを逞しい腕で包みこみ髪を撫でた。

「すまなかった。とにかく俺は、愛衣が心配で堪らないんだ」

「雅貴さん……」

「つらい思いをして泣いているんじゃないか。一人で寂しがってはいないだろうか。どこかで迷子になって困ってはいないか、と」

　待ってください。途中まではともかく、最後のはなんですか。

「愛してるよ、愛衣。本当は会社に連れて行きたいくらいなんだ。いっときだって離したくないし離れたくない」

　うわぁ……本当ですか……

　どうしよう。こんなに想ってくれている人に、勢いで我儘なことを言ってしまったかもしれない。

「ごめんなさい。雅貴さん」

彼を見つめ、感情的になってしまったことを謝る。優しく微笑んだ彼が、甘い甘いキスをくれた。

はにかんで彼と見つめ合う。胸元のリボンタイをくるくると指でいじられて、そのままほどかれてしまうんじゃないかとドキドキした。

広い胸に抱きしめられ、気持ちがとろりと温かくなる。

「……ときに、愛衣」

「はい？」

なんとなく雅貴さんの声が探るようなトーンになったような気もするけど……気のせいかな？

「コーヒーの指導をしたバリスタは、誰？」

「えっと、お義母さんのお気に入りの人です。あの、後ろで髪を縛った、メガネの」

「……どんなふうに教えてもらったの？」

「すごく丁寧に教えてくださいましたよ？　それこそ、後ろについて一緒にケトルを持ちながら、お湯を入れるタイミングとか注ぐスピードまで……」

「そうか」

そのバリスタさんは、とても有名なコーヒー専門店の人らしい。お義母さんが惚れこんで、週に何回か西園寺家に来てもらっているのだと聞いた。

教え方もわかりやすかったし、これからもっと勉強して、雅貴さんに美味しいコーヒーを淹れてあげたいな。

「ところで、愛衣。せっかくだし、一緒に入浴しようか」

そう言って、わたしをお姫様抱っこでかかえ上げた雅貴さんが、いきなり立ち上がる。

今までコーヒーの話をしていたのに、なんで急にお風呂の話になったのか⁉

「ここ数日、忙しくて一緒に入れなかっただろう？　今日は俺が洗ってやろう」

「で、でも、お仕事は……」

「今の俺の最優先事項は、かわいい妻と仲良く風呂に入ることだ」

「もう、なんですか、それぇ」

思わずアハハと笑ってしまう。雅貴さんに抱きかかえられたまま部屋に付いたバスルームに向かい、脱衣所につくなり服を脱がされた。

いきなりではあるけれど、旅行から帰ってきてからの雅貴さんはとにかく忙しく、入浴の時間もずれてしまっていた。

新婚だからって一緒に入らなくちゃならないわけではないけれど、旅行中はいつも一緒に入っていたから、別々だとなんとなく寂しかったのだ。

部屋付属のバスルームといっても、これがなかなかにして広い。大人二人なら余裕で入れるほどだ。

ない。

もしかしたら、夫婦用としてお風呂も大きくしてくれたのかな、と思うといたたまれ

バスルームに入ると、雅貴さんは洗い場のマットに腰を下ろす。腕を引かれ、わたしは胡坐(あぐら)をかいた彼の脚のあいだに、彼に背を預けるように座らされた。

「きゃっ、わっ」

「なんだ？　どうした？」

にわかにアタフタしてしまったので、それがおかしかったのだろう。雅貴さんが楽しそうな声を出した。

「いえ、あの、こういう座り方って……初めてだな、って……」

「小さいころはこうやって膝に座っていただろう？」

裸で座るのが初めてだって意味ですよっ！

でも、こういう体勢で膝に座るのって、何年ぶりだろう。小さなころ、それこそ幼稚園とか小学校低学年くらいまでは、よくこうやって雅貴さんの膝に座っていた覚えがある。

お話をしてもらったり、本を読んでもらったりして。

いつごろから、こういうことをしなくなったんだっけ？　たぶん、彼を好きな気持ちが、ただの憧れではなく恋愛感情だって意識し始めたころからかもしれない。

過去に思いを馳せて感慨深く思っているあいだに、雅貴さんはスポンジを泡立て、わたしの身体を洗い始めた。

身体を洗ってもらうのは新婚旅行中もあったけど、こういう体勢で洗ってもらうのは初めてで……。背中をぴったりくっつけているから、なんか恥ずかしい。

「懐かしいな、愛衣を膝にのせて洗ってやるなんて、赤ん坊のとき以来だ」

初耳です！　そんなことしてくれていたんですか⁉

「ぐずっていても、俺が入浴させてやると嬉しそうに笑うんだ。かわいかったなぁ」

「そ、そうなんで、すか……」

「もちろん、今もかわいいぞ」

わたしの言葉がぎこちなかったので、誤解されたようだ。赤ちゃんのころのほうがかわいかったと言われて拗ねた、と思われたのだろう。

いえいえ。赤ちゃんのころとはいえ、雅貴さんに全身洗われていたのかと思うと、急にドキドキしてきただけです。

スポンジが上半身をするすると滑っていく。前側、脇、腕……と丁寧に洗われる。

それにしても、ソープをつけすぎではないだろうか。白くてもったりとした濃厚な泡が全身を覆って、なんだか白い着ぐるみを着ているみたいだ。

「ウサギみたいだな」

雅貴さんも同じことを思ったのか、クスクス笑いながらわたしの脚に手を伸ばした。

後ろからのしかかるようにして脚を引き寄せられ、今まで以上に身体が密着する。

肌が触れているだけで体温が上がって、腰の奥に熱が溜まっていく。溜まった熱は次第にムズムズとした疼きに変わり、少しずつ呼吸が乱れてきた。

じわじわと溜まるその疼きに、わたしが我慢できなくなってきたとき、スポンジがするりとお尻の下へ入りこみ、ビクッと腰が跳ねた。

「ひゃぁっ、んっ！」

「そんなに驚くな。ここも洗わないとおかしいだろう」

「ごめんなさい、ちょっと、驚いちゃって……」

「泡たっぷりだから、滑りがいいしな」

楽しげに言いながら、彼はお尻の周りを泡でいっぱいにする。

意識したらダメだと思うのに、雅貴さんの指がお尻の割れ目から前へ意味ありげに入ってきた。

「あっ……！」

わたしはビクッと身体を震わせ、腰を浮かせる。慌てて彼の手を掴んだ。

「ま、雅貴さんっ、今度はわたしが、洗ってあげます」

「いいのか？」

「はいっ、どうぞどうぞ」

彼からスポンジを奪い取り、そそくさと膝から下りる。そして、ソープをスポンジに足しつつ雅貴さんの背後に回った。

「ありがとう、愛衣」

「ど、どういたしまして」

よかった……。気づかれなかったみたい。

広い背中を泡で真っ白にしながら、わたしは内心ホッと息を吐く。彼に身体を洗ってもらっているうちに、なんとなく、恥ずかしいところがぬるっとし始めている気がして。泡のせいかもしれないけど。でも……たぶん、そうかな？　っていう気がする。

「前も洗いますね」

雅貴さんのまねをして後ろから腕を回すけど、やっぱり男の人の身体は大きい。手が届かなくて前に回る。

……けど、向かい合わせになると目のやり場に困るんだよね……

どうしても下半身が視界に入ってしまう。もう何度も見ているけど、やっぱり明るいところで見るのは恥ずかしいでしょ。

「膝にのるか？」

「でも、わたしが膝をついたら雅貴さんの脚が痛いですよ」

胡坐を崩して脚を伸ばしてくれたので、彼の脚のあいだに片方の膝をつく。この至近距離で雅貴さんの顔だけを見ていれば、気になる腰から下も目に入らないだろう。

彼の髪はしっとりと濡れて、綺麗にセットしていた前髪が下りてしまっている。それが色っぽくて、素敵。

やっぱり雅貴さんって、凛々しいんだけど綺麗だな。見慣れているはずなのに、結婚してからはいろんな魅力を発見してドキドキさせられてばかり。

やることも言うことも甘くて、彼は、こんなにもいろいろな顔を二十年間隠していたのかと思う。

内緒にするなんて、酷いです。

「……すまない。愛衣」

「え？」

心の中で「酷い」と言ったのが伝わってしまったのだろうか。でも、彼が言ったのはそんなことではなく……

「愛衣を洗っていたときは耐えられたんだが、愛衣に洗われると、さすがに我慢が利かなくなってきた」

苦笑いで自分の下半身を指さす雅貴さん。つられて目を向けたわたしは、慌ててそらした。

白い泡の中から、彼自身がむっくりと姿を現しているのが目に入ったので……

「じーっと俺の顔を見ているから、『早くおっきくしてっ』って、怒っているのかと思った」

「怒ってませんっ」

ってていうか、その言い方だと、わたしが雅貴さんの下半身を気にしていたみたいじゃないですか！

気をそらそうと、わたしは彼の肩にスポンジを移動させる。しかし、その手をギュッと掴まれた。

「俺は嬉しいからな。愛衣が濡れていたら」

「ぬ、濡れてなんか……」

「さっき触ったときは、ぬるぬるだった」

やっぱり気づかれていたんだ。わたしは羞恥心から咄嗟にごまかそうとした。

「濡れてません。ぬるぬるしたのは泡です。泡っ！」

「泡？　だからぬるぬるして滑ったのか？」

「そ、そうですよ。身体を洗われただけで、そんな、ぬるぬるになるなんて……すごくいやらしい子みたいじゃないですか」

言いながら、そこが気になってしまう。

するとと雅貴さんが、片手でわたしのお尻を掴みグイッと引き寄せた。

「きゃっ……！」

密着した上半身が泡で滑り、慌てて彼に抱きつく。その隙に、お尻を掴んでいた彼の手がするっと脚のあいだに入ってきた。

「あっ……！」

「本当だ。泡でぬるぬるする」

雅貴さんの手が脚の付け根をゆっくりと行き来する。大事な部分には直接触れていないけど、すでに泡とは違うぬめりを感じているようだった。

「でも、ここには泡をつけていなかったはずなのに、どうしてぬるぬるするのかな？」

脚のあいだの柔らかな渓谷に彼の指がうずめられる。わたしにもわかるくらいその動きは滑らかだった。

「ここにまで泡が入ったのか？」

ぐちゃぐちゃと音を立てながら、長い指で秘部が掻きまぜられる。

熱を持って疼いていたそこは、与えられる刺激に喜び全身へ快感を広げていった。

「あっ……や、……雅貴さ……」

「かわいい俺の愛衣は、身体を洗われて感じてしまったのかな」

「あっ……ん、ンッ……やぁ……」

「身体を洗われただけで濡れてしまう、いやらしい子なんだ？」

「やっ……ぁンッ、そんなふ、にっ……言わない、で……あっ！」

スポンジを放って、わたしは両腕で雅貴さんにしがみつく。快感に蕩けた腰は、より強い刺激を求めて前後左右に揺れ動いていた。

「んっ……ん、やぁぁっ……」

「気持ちよさそうに腰が動いているね。じゃあ、もっと気持ちよくしてあげよう」

「あっ、や、ダメッ……」

直後、秘部をいじっていた彼の指が、するりと移動した。繁みの上の敏感な場所を探し当て、小刻みに刺激し始める。

「あぁあっ、やっ……やぁ、あんっ……」

軽く触られているだけなのに、全身にびりびりと電流みたいな痺れが走った。

「雅貴さん……そこ、ダメェっ……」

強すぎる快感に、上半身がびくびくと震える。小さな身じろぎでも、たっぷりついた泡のせいで上半身がずるりと彼の身体を滑っていった。

雅貴さんの硬い身体に胸のふくらみがくにゅくにゅと擦れて、おかしな気分になってくる。

彼もそう思ったのか、おもむろにふくらみへ片手を添えてきた。

下から胸を掴んでは、つるんと滑らせるのを繰り返される。そうしながら、手のひらで頂を擦られたりして、少しずつ頭に白く霞がかかってきた。

「あっ……や、やぁんっ……」

敏感な場所を同時に刺激されて、どうしたらいいかわからない。恥ずかしい声を出しすぎだと思っても、口をつぐむ余裕がない。

与えられる快感をただ受け止めて、身体をくねくね動かした。

「やっぱりいやらしいな、愛衣」

「だって……ぇ、あっ……も、もぅ……やぁん」

足ががくがくと震え、膝で立っているのがつらくなってくる。それがわかったのか、雅貴さんは愛撫の手を止めて両手をわたしの腰に添えた。

「疲れただろう？　そのまま腰を下ろしていいぞ」

「このまま？」

「このまま」

でも、このまま座ったら……

試しにそっと腰を下ろすと、思ったとおり秘部に硬い切っ先が当たった。戸惑うわたしを見つめ、雅貴さんがちょっとつらそうに微笑んだ。

「俺も、愛衣で気持ちよくなりたい」

なんだか、すっごくいやらしいことを言われているような気がする。ただひとつわかるのは、雅貴さんがわたしを欲しがってくれているということだ。

片手を添えて、彼が切っ先の位置を合わせる。腰を掴んでいる手に力が入ったのは、このまま座れという意味なのだろう。

わたしは促されるままゆっくりと腰を下ろしていく。

くにっ……と入り口が広がり、雅貴さんを迎えようとしているのがわかった。

脚のあいだが引き攣り、徐々に圧迫感を覚える。

「あっ……ぁ」

彼の昂りが狭い膣内をぐいぐい押し広げるみたいに入ってきて、無意識に腰を浮かそうとする。その腰を、雅貴さんに両手で押さえられた。

「愛衣、キスしようか」

苦しげだけど優しい声で言われ、唇が重なる。ちゅくちゅくと舌先を吸われ、角度を変えながら深く絡めとられた。繰り返されるキスの気持ちよさにうっとりと身を任せた瞬間、雅貴さんが大きく腰を突き上げてきた。

「フゥッ……ンッ！　……ンンッ……！」

唇をふさがれているので、喉の奥で呻くことしかできない。

彼は腰を緩やかに揺らしつつ、わたしの中を満たしていった。同時に、強く舌を吸われて声が出せなくなる。

雅貴さんの両手でしっかりと固定された腰が、自分の意思とは関係なく前後に揺らされる。それにより秘部全体が彼の身体に擦りつけられて、圧迫感とは別の気持ちよさが湧き上がってきた。

「ハフゥ……うんっ……んっ！」

背筋をむず痒いような疼きが駆け上がっていく。その焦れったさに、つい自分から腰を動かしてしまった。

「ん？　気持ちいいのか？」

キスをほどいた雅貴さんが、頬をすり寄せながら聞いてくる。

「あ……ごめんなさ……あっ、あぁっ！」

自分で動いちゃいけなかっただろうか。そう思って謝罪を口にするが、その言葉は途中で喘ぎ声に変わった。

秘部の前側からジンジンとした気持ちよさが広がってくる。それに、いっぱいに満たされて震えている中が、雅貴さんが動くたびに新しい快感を生み出してビクビクする。

それが同時に起こるから、どっちで感じたらいいのかわからない。

「あぁっ……なんか、そこ、へんっ……」

中を押し上げられるだけでも堪らないのに、秘部の少し上にある敏感な部分を狙ったみたいに身体で擦られ、わたしは背筋をぴんと伸ばして首を左右に振る。

「愛衣は、ここがイイんだね？」

そう言って雅貴さんは、じくじくと熱を持ったそこを指で直接擦り始めた。

「やぁ……あっ……！」

突起に触れられた瞬間、ビクッと大きく身体が震え、彼を迎え入れている部分に力が入る。

「っ……愛衣のここ、大きくなっているな。思ったより興奮しているんじゃないか？」

「そんな……こと……、ああっ……ぁンッ！」

口に出して言わないでください！

反論しようにも、あとが続かない。わたしの感覚のすべてが雅貴さんの指と彼自身に持っていかれているような気がした。

「ダメぇっ……雅貴さっ……！」

ダメと言ったそばから指の動きが激しくなる。円を描くように秘芽を撫で回し、強く押し潰したり引っかかれたりした。

そのあいだも、彼の腰は緩やかに動き続け、いっぱいにされている部分がずくんずくんと疼きを増していく。

歯痒さが溜まって自然と腰が浮き、背がしなった。その瞬間、一気に身体が浮き上がったみたいな感覚に襲われる。

このままじゃ雅貴さんより先にイッちゃいそう……でも、我慢なんてできるはずがない……！

「ああっ……ダメッ……へん……、んっ——！」

全身から一気に汗が噴き出したんじゃないかと思うくらいの熱が溢れ、繋がっている部分に力が入る。ビクビクと小刻みに震える身体をどうすることもできないまま、わたしは雅貴さんの両肩を強く掴んだ。

下半身をいじっていた手で頭を引き寄せられ、情熱的なキスをされる。イッたばかりのわたしには、ちょっと苦しいくらいのキスだった。

ボーッとしかかっていた頭が一気に覚めてしまう。

見ると、雅貴さんはどこかつらそうな表情をしていた。

「ま、雅貴さん……？」

「……締めすぎ」

「え？」

「愛衣はイクと俺を食いちぎろうとする……。もう、限界」

「く、食いちぎるって……、きゃあっ！」

繋がったまま彼に身体を押され、後ろへひっくり返りそうになる。慌てたわたしは、咄嗟に手を後ろについた。

「その格好、刺激的でいいな」

雅貴さんはわたしの両脚をシッカリと抱えて、覆いかぶさるようにして律動し始めた。

「あっ……あ……、ハァッ、ぁ……やぁっ！」

無意識に彼の腰に脚を絡めると、雅貴さんの動きがより激しくなったような気がする。

後ろ手について腰を浮かせているせいで、わたしの中を出たり入ったりする彼のものがばっちり見えてしまう。

ぐちゅぐちゅといやらしい水音を立てて動くそれが、わたしの中に入っているのが目で見てわかるぶん、余計に恥ずかしい……！

酷くいやらしい光景なのに、目がそらせない。気持ちがドキドキと昂って、身体までゾクゾクしてくるのはどうして……

自分がずいぶんといやらしいことを考えてるなっていうのはわかるんだけど、止められない。

雅貴さんにそんなことをされているっていうのが……嬉しい……

「や……やぁん……あっぁ！」

彼に激しく揺さぶられて、腕に力が入らなくなってくる。

「腕、つらかったら、そのまま背中をつけろ」

「う……うぅんっ……あ、動けなっ……あぁぁっ……！」

腕を崩したら体勢的に楽になるのかもしれないけれど、なんか腕が固まってしまって上手くできない。それに……

背中をつけてしまったら、雅貴さんがわたしの中に入ってくるのが見えなくなっちゃう……

恥ずかしくて、そんなこと言えないけど。

「雅貴さ……ああっ……好き……。うぅンッ」

「かわいい、愛衣。俺も……すぐだから……」

深く突かれるたびに上半身が揺さぶられる。彼が片手を伸ばし、胸のふくらみを鷲掴み揉み回してきた。

身体中についていた泡は、すでにあらかた落ちてしまっている。それでもぬめりはまだ残っているのか、手のひらを滑らせるように胸の突起をいじられ、むず痒さにわたしの腰が揺れた。

「ああっ、……あっ、まさた、かさぁん……」

再びわたしの中に強い快感の波が訪れ、徐々に頭の中が真っ白になっていく。

同時に、雅貴さんの動きも激しくなった。

「……愛衣っ……イクぞ……」

「んっ……ンッ、ダメッ、ダメェっ……また、同じの……きちゃう、あぁぁっ……──！」

彼の言葉に導かれるみたいに、わたしは身体を駆け上がってくる快感に身を任せた。

なにかが弾けた瞬間、両脚で彼の腰をぎゅっと締めつけ背を反らす。

同じタイミングで雅貴さんも苦しげに呻き、押しつけていた腰を引く。わたしの中をいっぱいに満たしていたものが勢いよく抜け、その刺激にわたしの身体が跳ねた。

「あ……ぁぁっ……」

喉を反らしたわたしの口から、途切れ途切れの声が漏れる。身体を支えていた腕ががくがくと震え、今にも崩れ落ちそうだ。

「愛衣……」

そっと雅貴さんに抱きしめられ、そのままゆっくりとマットの上に寝かされる。

「……好きだよ……愛衣」

優しく唇が重なり、見つめ合いながら離れる。わたしがほんわりと微笑むと、もう一度唇が重なった。

「俺のかわいい奥さん……。ずっとそばにいたい……他の人間なんていらないくらい、俺に溺れて……」

抱かれたあとのとろりとした思考に、幸せな言葉が溶けこんでくる。

わたし、こんなに幸せでいいのだろうか……

贅沢な悩みを胸に、わたしは恍惚としたまま愛しい人に身を委ねた。

＊＊＊＊

――あのバリスタは、出入り禁止にしよう。

入浴後、ぐったりした愛衣を寝室へ送った俺は、一人で隣接する書斎に向かった。

デスクにつき、ジッとパソコンの統計グラフを凝視しつつ今後のことに頭を巡らせる。

母には嫌味を言われるかもしれないが、あのバリスタはスマートな容姿で店舗でも人気がある。そんな男を、愛衣のそばに置いておくわけにはいかない。

母には、彼のコーヒーが飲みたいなら店舗へ行くように言おう。

「手取り足取りベッタリくっついてコーヒーの淹れ方を教えるとか……冗談じゃないぞ……」

苛立ちから声が震えてしまった。

愛衣からその話を聞いたときの、腸が煮えくり返りそうな衝動といったら。

咄嗟に彼女を清めなくてはならないという使命感に駆られ、急な入浴になってしまった。

さすがに愛衣も驚いていたが、まあ、結果的に気持ちよくなってくれたし、嬉しそうだったのでよしとしよう。

「屋敷内は完璧に入れ替えをしたから、大丈夫だと油断していた」

知らず小さな舌打ちが出てしまった。だが、それも仕方がないことだろう。なぜなら、根回しは完璧だと思っていたところに、大きな見落としがあったのだ。

そう。屋敷の中は完璧だ。結婚前にすべての使用人の配置を見直したのだから。

愛衣の目に触れそうなところにいる若い男の使用人は、すべて配置換えをした。ケーキを褒められて以降、愛衣を崇拝していた若いパティシエも、ホテルのパティスリー担当に抜擢してやった。

屋敷の警備員も出入りの業者も、デパートの外商に至るまで、すべて男は父親ほどの年齢の者に担当を代えてある。

それもこれも、日中仕事で離れなくてはならない俺の心の平穏のため。

愛衣のそばに若い男なんぞを近づけてたまるか。

もちろん愛衣は身持ちの堅いシッカリとした女性だ。そばに若い男がいたからって、簡単にフラフラすることはないだろう。

だが男のほうがどうかはわからない。考えてもみろ、愛衣はあんなに素直でかわいいんだぞ。

彼女にふらつかない男なんぞ、この世にいるものか！

少しでも危険性のある男は近づけない。

だから、結婚式に招待する愛衣の友人も女性に限定させたのだ。

式の当日、愛衣の大学の友人数名がサプライズだとかで花束を持って会場に来ていたが、男が何人か交じっていたので花束だけ預かって帰らせるよう会場担当に指示を出した。

――ウエディングドレス姿の愛衣を見て、よこしまな気持ちを抱かれたら面倒だからな。

新婚旅行のときだって、愛衣に話しかけてくる男のなんと多いことか。

すべて俺が応対して、愛衣に近寄らせないようにするのに骨が折れた。

会話に不安のある愛衣が俺を頼ってくるのは計算通りだ。新婚旅行を外国に、それも海外慣れしていない愛衣が安心感を持てるハワイにしておいて正解だった。

考えているうちにハアッと大きな溜息が出る。

腕を組んで椅子にもたれかかり、俺は天井を仰いで目を閉じた。

「愛衣……」

まぶたの裏に映るのは、天使のようにかわいい愛妻。

これまで、誰にも触れさせたくなくて、ずっと、ひそかに守ってきた……

社会に出て忙しく働くようになっても、愛衣の家庭教師を続けてきたのだって、常に彼女の身辺を把握しておきたかったからだ。

そうして小学校から大学まで、学校にも手を回し常に愛衣の周りに気を配った。

担任は常に女性、用務員やスクールカウンセラーなどにも手の者を配置して、愛衣が健やか（すこ）でいるように目を光らせた。なにより、愛衣に気のある男は、即座に徹底的に排除した。

二十年間、そうやって守ってきたんだ。

結婚したからって気を抜くわけにはいかない。

これからも変わらず、俺が愛衣を守っていく……

＊＊＊＊＊

わたしにいつもついているボディガードさんは、相楽（さがら）さんというらしい。

結婚して三週間近くたって、ようやくわかった名前だけど、わたしは相変わらず心の中で「ハンターさん」と呼び続けていた。

仕事なのはわかるけど、この方、本当にわたしから目を離さないのだ。

たとえば、友だちとの待ち合わせ場所に送ってもらい、帰りに連絡しますと言っておくとする。こちらとしては、帰りに迎えに来てもらえればいいくらいの感覚なのだけれど、彼は、わたしの移動する場所すべてに、身を潜めてついて来ているようなのだ。

だって、そうじゃなかったら「帰ります」の連絡を入れたとたん、場所も言っていないのに車が回ってくるはずがないじゃない！

わたしの行動には干渉しないよう雅貴さんから言われているようなので、気にしなければいいだけの話なんだけど……

やっぱり気になるよ。

「あの、ハン……相楽さん」

西園寺家に車が到着し、正面玄関から出てきた女性の使用人さんが車のドアを開けてくれる。降りる前に、わたしは運転席のハンターさんに声をかけた。

「今日も、ありがとうございました」

彼は小さく会釈をし「恐縮です」と、これまた小さな声で答える。

余計な話はしないし、仕事も真面目。悪い人ではないのだ。なんたって雅貴さんが信頼してわたしに付けてくれたくらいだ。

友だちと出かけるときは危険なことなんかないから、ついてこなくていいですよ……って言いたいんだけど、この真面目さを考えると言っても無駄だろう。

(でもなぁ……、さすがに友だちも、いつも誰かがついて来てると知ったらいやだろうなぁ……）

以前碧に、おかしいって言われたけれど、そのときは雅貴さんの深い愛情故だって思った。

思っているんだけど……

無意識にハアッと溜息をついてしまった。車を降りてすぐだったので、なにかあったのかと気を使った使用人さんが優しく声をかけてくれる。

「どうなさいました？　元気出してくださいね。本日は、もう雅貴様がお帰りになってますよ？」

「えっ!?」

驚いて顔を上げ、腕時計を確認する。まだ十六時だ。わたしはお礼を言って、お屋敷の中へ飛びこんだ。そして、「廊下は走ってはいけません」という学校の教えを全力で無視する勢いで、階段を駆け上がった。

「雅貴さん、おかえりなさい！」

部屋へ飛びこむと、ソファーに座って書類らしきものを見ていた人が顔を上げた。

……あれ？　雅貴さんじゃ……ない……！

気づいた瞬間、身体が固まる。

背後で中途半端に開いていたドアがバタンと閉まり、ビクッとしてしまった。

そこにいたのは、雅貴さんと同じ年齢くらいの男性だ。スーツ姿がとても洗練されていて、優しそうな雰囲気のイケメンさん。

「奥様ですね。披露宴では、ご主人としかお話しできなかったもので、ご挨拶が遅れて失礼いたしました」

彼はスッと立ち上がり、緊張におののくわたしに頭を下げる。結婚式に来ていたのなら、雅貴さんのお友だち関係だろうか。お仕事関係の人だったら、ここではなく応接室に通すはずだ。

「愛衣？　ああ、すまない、おかえり」

すると、寝室から雅貴さんが出てきた。着替えの途中なのか、上着を脱いだノーネクタイの状態だ。わたしもおかえりを言おうとしたが、その前に謎の男性が口を開いた。

「じゃあ、君の愛しい奥さんが帰ってきたようだから、僕は失礼するよ。書類には目を通した。これはありがたくいただいていく」

「そうしてくれ」

雅貴さんは口元に笑みを浮かべて男性に歩み寄る。そして男性が持つ書類を指で弾き、カフスを外してしまっている袖口をまくり上げて腕を組んだ。

「ご感想は？」

「大きな借りができたな」

「そのうち返してもらうさ」

そう言って二人は、アハハとなごやかに笑い合う。

……なんでしょう……お仕事のお話だとは思うんだけど、かっこよくて見惚れてしまう……。

あっ、もちろん、雅貴さんにですよ！

「では奥様、また日を改めましてご挨拶(あいさつ)に伺(うかが)います」

男性はわたしに微笑みかけ、チラリと雅貴さんを見る。

「本当はお近づきのしるしに握手でもしたいところだけど、君の手を握ったりしたら誰かさんに噛み殺されそうだから、我慢するよ」

「えっ！　あ、あのっ……」

誰ですか、その物騒な人は！　アタフタするわたしと違って、雅貴さんはアハハと笑っている。

えーっと、わたしも冗談として笑っていいんですよね!?

わたしは引き攣(つ)った笑みを浮かべて、男性を見送る。玄関までお見送りをしようとしたけど、両肩に雅貴さんの手が置かれて部屋の外に出られなくなった。

「ま、雅貴さん……、今の方は……」

「白瀬川(しらせがわ)建設の跡取りだ。今は本社の副社長に就任している。古い友人だ」

「ご、ご友人……」

でたぁ……。またもやハイソなご友人関係。

「渡したかった書類を書斎に置いたままだったので寄ってもらったんだ。愛衣がいたら紹介しようと思っていたんだが……」

「あ、すみません、お友だちと出かけていて……」

「大学の？」

「はい、成人式のときに特別にお話をさせてもらえたうちの一人なんですけど」

「ああ、女の子の友だちか」

「はい」

帰ってきてわたしがいなかったことにちょっと不満だったような気配がしたんだけど、誰と出かけていたのかを言ったら機嫌がよくなった気がする。

雅貴さんと向き合うと、わたしは背伸びをして彼の唇にチュッとキスをした。

「おかえりなさい。今日は早かったんですね」

すると、雅貴さんはわたしを抱きしめて、わたしより深いキスを返してくれる。

「今夜、急な会談が入ってね。ちょっと気の抜けない相手だから、着替えと準備のために、早めに戻ったんだ」

「そうなんですか？　じゃあ、すぐに準備を……」

彼から離れようとすると、逆にぎゅっと抱きしめられた。

「雅貴さん？」

「まだ時間はあるし、着替えを手伝ってくれればそれでいいよ。だから、もう少しこうやって愛衣を抱きしめさせてくれ」

甘い声で囁かれ、ゆっくりと髪を撫でられる。気持ちいい。温かくて優しくて、蕩けてしまいそう。

「でも、着替えの途中なんですよね？　脱いだスーツをかけておかないと……。あと、着ていくスーツを出してチェックして、ブラシをかけたり……」

そう、旦那様がお出かけとなれば、妻としてやるべきことはたくさんある。スーツに合うネクタイとか、カフスボタンもそれ専用に選ばなくちゃ。

妻としての使命感に燃えたわたしだったけれど、雅貴さんは軽く笑ってわたしから腕を離してくれない。

「そんなこと、愛衣はやらなくていいよ」

「でも……」

「先日仕上がってきたスーツを着ていくから、手間はかからない。シャツとネクタイも一緒にしてあるし。今、手入れをしてもらっているから」

「えっ？」

わたしは驚いて雅貴さんを見上げる。サラッと、本当にサラッと言ったけれど……それって……結婚してから、ずっとわたしがやってきたことですよね……？

動揺する気持ちを、わたしはなんとかいいほうに考えようと努める。雅貴さんが帰って来たとき、わたしがいなかった。だから、仕方なく外出の準備を他の人に任せたんだ。

きっとそう。

「じゃ、じゃあ、わたし、コーヒーでも淹れてきましょうか？　お客様の分しか出ていなかったみたいだし」

ソファーの前のテーブルには、ひとつしかコーヒーカップが置かれていない。雅貴さんに淹れてあげるのは自分の仕事だと思っているので、わたしは張り切ってそう口にした。

「それなら……」

雅貴さんが口を開きかけたとき、部屋にノックの音がする。「お茶をお持ちいたしました」という声とともに使用人さんが二人入ってきた。

一人はテーブルを片づけ、もう一人はワゴンにのせてきたティーカップを二つテーブルに置く。二人が仕事を終えて部屋を出ていくのを、わたしは呆然と見つめていた。

「紅茶のいただきものをしてね。愛衣が戻ったら、二人分の紅茶を部屋に持ってきてもらえるように頼んであったんだ」

「そう、なんですか……」

なんとなく言葉に詰まってしまった。

わたしがやらなくても、なにも困らない。わたしは、雅貴さんのためになにもしなくていいの……

「お紅茶……飲みましょうか……」

なぜか足元が崩れてしまいそうな不安を感じる。

わたしは、必死にその不安から目をそらした。


それから数日後。

慣れない生活環境に戸惑うことはあるけれど、まったく知らないお屋敷ではないし、お義父さんもお義母さんも小さなころから知っているから一緒に暮らすことに抵抗はない。

なにより、雅貴さんがこれでもかってくらい愛してくれる。

毎日雅貴さんといられるのが嬉しい！

自分は本当に贅沢だと思うくらい幸せ――ではあるんだけど……

わたしはこの日、初めて雅貴さんに意見しようとしていた。

「雅貴さんっ！」

「なんだ？　愛衣」

凛々(りり)しくて優しい微笑みを向けられ、思い切って声を上げたわたしの勢いがしぼみそうになる。

食事を終え、夫婦の部屋でリラックスした様子でソファーに座っている雅貴さん。

使用人さんたちの前では凛々(りり)しい態度を崩さない彼だけど、わたしの前では穏やかな表情を見せてくれる。その微笑みといったら、まるで王子様だ！

つい、ボーッと見惚れてしまう。

……ってわけにはいかないのぉっ!!

ここで言わなかったら、今までと変わらなくなっちゃう。

「雅貴さん、お願いがあるんです！」

「お願い？　愛衣が、俺に？」

な、なんだか嬉しそうな顔をされちゃいましたけど、そんな喜んでもらえるようなことじゃないですよ！

わたしは雅貴さんの前に立ち、ごくりと唾を呑む。

「ボ……ボディガードを付けるの……、そ、そろそろ、やめてもらえませんか」

「ボディガード？　なにかいやなことでもあったのか？」

一瞬にして、雅貴さんの表情が変わる。

おそらく、わたしがなにかいやなことをされたと思ったのだろう。

「違います。……なんていうか、友だちに会いづらくて……」

「友だちと会っているときに邪魔でもされたのか？」

「邪魔は、されていないです。いつも遠くから見守ってくれているし」

「うん」

「先日なんか、碧と図書館のフリールームにいたら男の人数人に声をかけられて、馴れ馴れしくてどうしようって思っていたら、ハンターさん……じゃなくて、相楽さんが追い払ってくれたので非常に助かりました」

話を聞いて、雅貴さんはとても満足そうにうなずく。ハンターさんの仕事ぶりに感心したらしい。

「でも、ですよっ！」

ここからが問題なの！　わたしは口調を強める。

「普通、大学生にボディガードが付いているなんて、おかしいです。どんなに目立たないようにしてくれていたって、気になります。それに、友だちだって怖がっちゃうし」

これが一番困るところなのだ。

ボディガードを気にして、一緒にいる人が萎縮（いしゅく）してしまう。

たまに会う大学の友だちにも、「あの怖そうな人、今日も来てるの？」と周囲に視線を向けながら言われてしまうし、事情をよく知る碧にさえ、「ボディガード、ついてくる？」と聞かれるようになってしまった。

「心配してくれるのは嬉しいです。でも、わたしは雅貴さんみたいにたくさんの人の中で働いているわけじゃないし、今は大学も休みだから人にもそんなに会わないし」

だいたい、近所に買い物に行くだけで、ボディガードがついてくるなんておかしいでしょう。

ラリューガーデンズホテルチェーンの社長夫人です、って看板をつけて歩いているわけじゃないんだから、警戒しすぎだよ。

「愛衣が心配なんだ、っていう話は、以前にもしただろう？」

「はい……。それはわかっているんです。そんなに考えてもらえて、嬉しいです。でも……」

雅貴さんの顔を見ていられなくて、だんだん視線が下がっていく。

「このままじゃ……、雅貴さんの優しさに甘えたままじゃいけないって、思うんです」

「たとえば？」

「え？」

「たとえばどんな部分が駄目だと思うんだ？　どうしたら、愛衣がそんなに悩まないで済む？」

雅貴さんは真面目だ。真剣にわたしと向き合おうとしてくれている。それが表情から伝わってきて、わたしはごくりと喉を鳴らし思い切って口を開いた。

「たとえば……、なんでもやってもらえるところとか……」

「なんでも……具体的には？」

「お手伝いをしなくてもご飯が出てくるし、自分で日用品を買いに行かなくても誰かが用意してくれるし、お掃除や洗濯も……」

「愛衣、その話は……」

「わかってます。ちゃんとわかってます……っ！」

雅貴さんが苦笑いして諭そうとしたので、わたしは急いでその言葉を遮る。

「だから、これまではその中で、自分のできること、やってもいいだろうことをやってきました。でもっ、最近はそれさえもできなくなってる」

雅貴さんの外出の用意や、お茶の用意……そんな些細なことさえ、やろうとしたときにはもう誰かがやってくれているのだ。

わたし、雅貴さんの奥さんなのに、なんのために一緒にいるのかわからなくなってる。

でも、これが西園寺家の普通だ。使用人さんがたくさんいるこの家では、自らなにかをやろうとか考えちゃいけないのだろう。

わかってるの。ちゃんと、わかってる！　でもわたしは……、やっぱり……

「わたし、雅貴さんのために、奥さんらしいことをしたいんです。ちゃんと旦那さんのお世話ができる普通の奥さんになりたい。せっかく結婚したんだもの……雅貴さんに甘えるばかりじゃなくて、雅貴さんに甘えてもらえる頼りがいのある奥さんになりたいんです」

最初はただ、ボディガードを外してもらいたかった。だけど口を開いたら、これまでずっと思っていたことが一気に溢(あふ)れ出てきた。

ティーカップをテーブルに置き、雅貴さんはソファーから立ち上がった。そして、厳しい表情でわたしの両腕を掴(つか)んだ。

……怒られるだろうか。

我儘(わがまま)を言っている自覚はあった。結婚した以上、相手の家に従うのは当然のこと。それを考えれば、言ってはいけないことだったのかもしれない。

頼りがいのある奥さんになりたいと言いながら、やっていることは子どもじみている。

「愛衣の言う〝普通〟は、この西園寺家では通用しない。それは、わかるな？」

雅貴さんの言葉に、わたしはこくりとうなずいた。

「つまりだ、愛衣が言うような、普通の奥さんらしいことがしたいなら、この家を出ないといけなくなる」

ドキッとした。もしかして、この家のやり方に従えないなら、離婚……!?

「まさた……」

青くなってわたしが口を開くのと、雅貴さんの言葉が重なった。

「新婚のうちは、それもいいかもしれないな。誰にも干渉されない二人だけの生活」

「え？」

わたしは目を見開いた。二人だけ……って、じゃあ！

「しばらく、二人だけで暮らしてみるか？」

微笑んだ雅貴さんが、わたしの腕を引く。促されるまま、再びソファーに座る彼の膝にのせられた。

雅貴さんは、そっとわたしを抱き寄せ、髪に唇をつける。その唇が小さくクスッと笑った。

「まったく。俺のためになにかしたいとか……愛衣はかわいいことばかり言って、俺を困らせる」

「す、すみません……」

「愛衣が妻になってくれただけで、すごく俺のためになっているのに。これ以上尽くされたら、俺は幸せすぎて神様に地獄へ堕とされそうだ」

「そのときはわたしが雅貴さんを庇いますっ。それか、二人で一緒に堕ちればいいんですっ……！」

突拍子もないことを言われて、わたしまで頓珍漢な返答をしてしまった。

恥ずかしくて顔を上げられない。すると、顎をすくわれ唇が重なった。何度か軽くついばまれたあと、優しく貪られる。

「新居は、任せてくれるか？」

キスをほどいた雅貴さんが、わたしの顔を覗きこんで聞いてきた。

「新居、ですか？」

「俺の仕事の都合もあるが、せめて、愛衣に不自由のない場所を選ばせてくれ。あまり遠くだと、親たちも寂しがるだろうし。だから、新居については任せてくれるか」

「それは、もちろん。わたしだと、よくわからないこともあるし」

物件選びなんてしたことがない。もし自分で選ぶとしても雅貴さんみたいな人に下手な場所は提案できない。

「ボディガードのことも、まあ考えよう。それでいいか？」

目の前の雅貴さんを見つめながら、わたしは涙が出そうだった。

……なんて素敵な旦那様なんだろう……！

普通、こんな我儘を言ったら、怒られているだろう。

雅貴さんのためにいろいろしてあげたい、と言えば聞こえはいいけど、西園寺家からすれば、婚家のやり方に不満を言う妻、という話だ。

なのに雅貴さんは、家を出てまで、わたしの心に寄り添おうとしてくれている。

「……ごめんなさい、雅貴さん……」

申し訳なくてそう言うと、大きな手が頭を撫でる。

「どうして謝る？　愛衣はなにも悪くないだろう」

「……ありがとうございます」

雅貴さんに抱きつき、ギュッと力を入れる。すぐに彼も抱きしめ返してくれた。

「愛衣が喜ぶなら、どんな願いも聞いてやる。愛衣は、俺のすべてだから」

そんな照れくさい言葉に、わたしは雅貴さんの愛情の深さを感じた。


――しばらくは夫婦二人で暮らそう。

雅貴さんとそう決めたものの、具体的な日程はまだわからなかった。

住む場所を決めて引っ越しの準備をして……と考えると、どんなに早くても二週間や三週間は先になるだろうと考えていた。

だが……

「四日後に、新しいマンションに移るぞ」

雅貴さんがそう言ったのは、話し合いをした二日後。仕事から帰ってきて、寝室で着替えをしているときだった。

「は……？」

わたしは一瞬、なにを言われているのかわからなかった。

「明後日でもいいんだが、思うところがあって四日後にした。引っ越しは準備から全部業者に頼むから、愛衣はリビングで待機しているといい。別に出かけていても構わないが」

淡々と説明をしながら、雅貴さんはカフスボタンを外す。それを受け取りつつ、わたしは首をかしげた。

「あの、新しいマンションって……」

「二人で暮らすマンションのことだ。なんだ？　このあいだのこと、まさか忘れたのか？」

わたしは全力で首を左右に振る。

でも、早い。早すぎる。引っ越しって、こんなに早く決められるものなの⁉

「周辺環境はいいし、公共施設が近くて生活も便利だ。ここからもさほど離れてない。それに、なんといっても新しくてセキュリティがしっかりしている」

「す、すごいですね。そんな物件、よく見つかりましたね」

「ああ、白瀬川建設の副社長に直接依頼した」

「ふくしゃ……」

ハッと思い出す。先日、ここで会った雅貴さんの友人のイケメンさんだ！

「話をしたら、一日とかからず紹介してくれた」

「す、すごいですね……」

「狭いと言ったら『生粋の坊ちゃんは贅沢で困る』と笑われた。意外と意地が悪い」

「ええ……」

「このあいだ、借りは返すと言われたからな……。まあまあなお返しだ」

そう言って笑う彼を見て、そういえば、あの日そんなやりとりをしていたな……と思い出す。

……前にも思ったけれど、すごい人の友人は、やっぱりすごい人のようだ。

「四日後はホワイトデーだろう。どうせならその日がいいと思って、入居日を変更した」

「ホワイトデー？」

ということは……もしかしてこれは、わたしへのホワイトデーのプレゼント、ということになるのだろうか？

「新居だなんて、すっごいお返しですね！」

えへっと笑うと、ネクタイを外した雅貴さんに頬を撫でられた。

「嬉しいか？」

「はい」

わたしはにこにこしたまま頬にある雅貴さんの手を両手で握り、すりすりと頬擦りする。

嬉しくて堪らない。全身で抱きつきたい気分！

「引っ越しをこの日にしたのは、記念日にするためだ」

「記念日、ですか？」

「ああ。結婚前は俺の仕事が忙しくて、あまりこういった一般的な行事を一緒にすごせなかっただろう。これからは、いろんな行事に二人の記念日を重ねて、一緒にすごすイベントにしようと思ってな」

考えてみればクリスマス・イブはわたしの誕生日で、二人の記念日として考えるならプロポーズ記念日だ。

バレンタインデーは入籍&結婚記念日で、ホワイトデーは、さしずめ二人暮らし記念日、というところか。

「愛衣」

頬にあった手で顎を持ち上げられ、雅貴さんと視線が絡む。

「三百六十五日、たくさんの記念日を作っていこう」

「雅貴さん……」

「今の俺にとっては、毎日が記念日のようなものだ。こうして、日々かわいい愛衣のいろんな表情が見られるんだから」

ほわ～と頬が温かくなる。力強くて穏やかな口調。彼が本気で言ってくれているのがわかるだけに、胸がジンッと熱くなる。

わたしといられるなら毎日が記念日だとか……嬉しすぎます。

「わたしも……。こうして雅貴さんと一緒にいられて、日々いろんな発見があって、毎日が雅貴さん記念日です」

彼の腕に包まれ、頼りがいのある広い胸に顔をうずめる。

結婚してからわかったのは、雅貴さんがとても甘くなれる人だということ。

結婚前は大人のクールさがあって、落ち着いた素敵な人という印象だったから、こんなふうに、三百六十五日を記念日にしよう、みたいなことを言うイメージはなかった。

この顔も、わたしだけに見せてくれる顔なのかな……そうだったら嬉しい。

二人だけで暮らすようになったら、もっとたくさんの発見があるかもしれない。

雅貴さんの奥さんとして頑張ろう！

わたしは、その思いを新たに、大好きな旦那様に強く抱きついた。

雅貴さんが「狭い」と言っていたので、広さはそれほど期待していなかった。

というより、二人暮らしだもの。あまり広くてもお掃除が大変なだけだ。

……そう思っていたけれど……

新居はなんと4LDK。おまけにタワーマンションの最上階だった。しかも専用エレベーターで部屋まで直行できるという特別仕様。

どこが狭いって？　と雅貴さんの感覚を疑いたくなるほど部屋は広かった。いったい雅貴さんは、どこと比べてこの部屋を「狭い」と言ったのだろう。

お屋敷かな……。そりゃあ、西園寺家に比べたら、ほとんどの部屋は狭く感じるでしょうけど。

雅貴さんが言ったとおり、荷物の移動は業者さんがすべてやってくれた。挙式のときもそうだったけど、今回もまったく手いらず。その辺は、もうなにも言わないことにした。

そして、引っ越すにあたって一番心配だった、義理の両親の反応……

お屋敷を出て二人で暮らすなんて言って、「自分たちとの同居はいやなのか」みたいに誤解されたらどうしよう、と実は結構心配していたのだ。

けれど、そんな心配は杞憂だったようで、明るく送り出してもらえたのでホッとした。

『飽きたら戻ってらっしゃいねぇ』なんて、笑顔で手を振るお義母さんを見て、なんだか拍子抜けしてしまった。

なにはともあれ、やっと、雅貴さんの奥さんとして頑張れるのである。

わたしは、二人きりの新婚生活にワクワクしていた。


「雅貴さん、行ってらっしゃい」

二人暮らしを始めて十日。いつもどおり玄関でお見送りすると、「行ってきます」と彼が唇にキスをしてくれる。

……この新婚っぽいやり取り、照れます！

ドアの向こうには彼の秘書さんが待っているのに、キスをしているのがわかっちゃうんじゃないかと、最初はすごくドキドキしたっけ。

完璧な防音設計になっていて音は一切、外に聞こえないらしいんだけど。

「あ、あの、雅貴さん、今日のお帰りは……」

「そんな大きな予定は入っていなかったはずだから、普通に帰ってこられると思う。変更があったら連絡するよ」

「はいっ」

わたしはにこにこしながら雅貴さんに手を振って、会社へ送り出した。ドアが閉まるまで見送って、足取り軽くリビングへ戻る。イメージしていた新婚らしい風景に、自然と顔が緩(ゆる)んでしまう。

これ！　これですよ！　この新婚っぽさ、この夫婦っぽさ！

これこそ夫婦って感じがしませんかっ⁉

じーん、と感動する胸の前で握りこぶしを作り、わたしはやっと訪れた新婚らしい生活に満足感を覚えずにはいられない。

「午前中のうちに買い物に行ってこようかな」

しかし感動してばかりもいられない。わたしは呟きながらキッチンに入り、冷蔵庫の中を覗く。

「やっぱり、お野菜と……、牛乳、かな」

今朝も冷蔵庫の中を見たけど、念のための再確認。

そういえば今朝、『野菜と牛乳は買ってこなきゃダメだなぁ。一度に買うと重いかも』と呟いたら、雅貴さんも覗きに来て『本当だ……』と言っていたっけ。

旦那様の目につくほど野菜がないなら、やっぱり買っておかなくちゃ。

そのとき電話の着信音が響いた。固定電話のほうではなく、センターテーブルに置いていたわたしのスマホだ。

急いでとると、碧からだった。

「久しぶり。どうしたの？」

『新居の住み心地はどう？　少しは慣れた？』

「おかげさまで。毎日すっごく楽しいよ」

『はいはい、ごちそう様。それよりさー、午前中、用事でそっちのほうに行くんだ。時間あるなら、近くのカフェで一緒にお昼しない？』

　大学はまだ休み中だ。わたしもこのごろ、結婚やら旅行やら新生活に引っ越しといろいろあって、碧とゆっくり会えていない。わたしは喜んで碧とランチの約束をして電話を切った。

「今日はなにもないし、久しぶりにゆっくり話せそう」

　ランチに行くなら、午前中に買い物に行ってしまおう。

　今日の予定を考えながら片づけをしていると、ドアチャイムが鳴った。

　ドアのカメラで確認すると、青山さんという同じフロアに住んでいる奥さんだ。このフロアには、うちと青山さんの二世帯が入っている。

　青山さんは、わたしの母より少し若いくらいかもしれない。引っ越し当日から気さくに話しかけてくれて、困ったことがあったらなんでも相談して、と言ってくれる親切な人だ。

　いいところの奥様風で、人当たりのいい穏やかな女性だった。

「おはようございます。青山さん」

　ドアを開けるわたしの顔を見て、青山さんはにこっと満面の笑みを浮かべる。

「ごきげんよう、西園寺さん。実はね、お願いがあって伺ったの」

「なんですか？」

なにも考えずに返すと、青山さんは持っていた籐製の籠を差し出してきた。

「実は昨日、知人からお野菜と牛乳をたくさんいただいたのよ。でも、うちは夫婦二人だし、夫は出張中で今いないの。それでね、よかったら西園寺さん、これもらっていただけないかしら」

「お野菜と牛乳……ですか？」

差し出された籠を見ると、瓶に入った高級感のある牛乳と、立派なキャベツとキノコ類、それに大きなお芋が入っていた。

「こんなにたくさん、助かります。あの、でも本当にいいんですか？」

「いいのよ。もらっていただけると私も助かるわ。うちはそんなにたくさん食べないから」

「いつもすみません。ちょっとお待ちいただけますか？　すぐに籠をお返しします」

「大丈夫よ、いただいたときから入っていた籠だから。そのまま捨ててくださいな」

「わかりました。ありがとうございます」

このままフルーツを入れて飾っておけそうな籠なので、捨てるのはちょっともったいないかも。

「じゃあ、おじゃまさま」

青山さんはニコニコしながらドアを閉めた。

籠を持ってキッチンに移動する。中のものを出しながら、これなら買い物は行かなくていいかもと思った。籠の中に入っていたのは、買おうと思っていたものばかり。

こんな偶然があるんだなぁ、と驚いてしまう。

……よかった、助かっちゃったかも。

そういえば数日前も、ネット注文で数を間違ってしまったから、という理由で青山さんにお豆腐をもらったっけ。老舗のお豆腐屋さんの商品で、とっても美味しかった。

ちょうどあの日は、お昼に雅貴さんから麻婆豆腐が食べたいって電話をもらっていたから、助かったんだよね。

今度、青山さんになにかお礼をしたほうがいいかな、と考えているとき――

「あれ……？」

なにかを思いついたわけじゃないけど、なぜか自然と声が出た。

頭の中に、よくわからない疑問が浮かび上がる。

なんだろう……なにか、引っかかる？　でもなにに……？

わたしは腕を組んで、しばらくキッチンに立ちつくす。

けれど、考えてもよくわからない。

「まあ……いいか」

気持ちを切り替えて、いただいた食材を片づけ始める。

……すごい、このキャベツ、大きくて重っ！

野菜の目利きなんてできないけど、重いキャベツは中身が詰まってるいいキャベツだって、よく言うよね。

「キャベツか……今夜はロールキャベツにしようかな」

春キャベツは柔らかくてロールキャベツに向いているって聞いたことがあるし。

「となると、ひき肉がないなぁ」

やっぱり、買い物は行ってこなくちゃならないみたいだ。

わたしに不自由のない場所をセレクトしたい——そう言ってくれた雅貴さん。

彼が選んでくれたこのマンションには、お母さんたち二人が揃って褒めてくれた利点があった。

それは、マンションの一階にスーパーがあること。

正確には、マンションとスーパーが通路で直結しているのだ。つまり、外に出ることなく買い物に行けるというわけ。

この十日間のあいだに数回行ってみたけど、このマンションの住民らしいお客さんをよく見かけた。

だからなのか、わたしの知っているスーパーよりも内装がオシャレで価格もお高めだ。あまり見たことがない外国の調味料とか、びっくりするような高級食材も普通に置いてある。

この周辺には他にも高級マンションが建っているから、その辺りのお客さんのニーズも見こんでいるのかもしれない。その証拠に、いつも繁盛(はんじょう)している。

「んーと、ひき肉、ひき肉」

わたしはカゴを片手に、お肉の並んだ棚を目指す。

お肉売り場には、当然、豚、鶏、牛、合いびき、などいろんなお肉がある。だけど、わたしの知っているスーパーと違うのは、お肉のパックが重ねて陳列されていないということだ。

同じ種類でも、ひとつひとつケースに並んでいる。そのせいか、普通のひき肉がデパートの高級お肉のように見えてきてしまう。

お値段的にも、通常よりちょっとお高めだしね……

初めてここに来たときには、買い物するのを躊躇(ためら)ってしまったくらいだ。

わたしは、合いびき肉のパックを手に取り、「んー」と考える。

ロールキャベツに使うお肉って、どの肉がいいんだっけ？

お母さんを手伝ったときは、確かハンバーグと同じ作り方をした覚えがある。だとしたら、合いびき肉で合っているはずだ。

でも、いつだったかお料理の本に、鶏のひき肉を使ったレシピも載っていたよね。

和風の味付けでサッパリと……っていうやつだった。

でも、あれ……雅貴さんって何味のロールキャベツが好きなんだろう?

ここにきて、新たな悩みが発生してしまった。

わたし——雅貴さんの味の好みを聞いたことがない。

まあ、一緒に食べる機会でもなくちゃ、ロールキャベツの好みなんて聞かないけどね。

「どうしようかな……」

スタンダードにコンソメ味でいくか。でも、お母さんのトマト味も美味しかったな。

ひき肉のパックを持ちながら、うんうん頭を悩ませる。まさかひき肉だけの簡単な買い物で、こんなに悩むとは思わなかった。

「なにかお困りですか?」

そのとき近くで声がして、わたしはそちらに顔を向ける。

そこには、白い制服を着た母くらいの年齢の女性がいた。衛生用の白い帽子と担当売り場のバッジからすると、精肉コーナーの店員さんらしい。

「ちょうどいい量のものがなければ、カウンターで必要な量をお包みいたしますよ?」

どうやら、欲しい量のパックがなくて困っていると思われたみたいだ。

「いえ、お肉の種類をどれにしようか迷ってしまって」

「ああ、お料理はお決まりですか？」

「はい。ロールキャベツです」

「それでしたら、ロールキャベツ用に具を加工いたしましょうか？　すぐにご用意できますよ」

なんと……！

このスーパーでは、そんなサービスまでしてもらえるんですか⁉

とすると、もしかしてハンバーグ用とか餃子用とか、さらには唐揚げ用の味付けお肉なんかを、加工してもらえたりするんだろうか！

雅貴さんが選んだ場所だけあって、スーパーもやっぱり普通じゃなかった。

「お二人分でよろしいですか？　もし作り置きされるのでしたら、少し多めにご用意しますが」

――え？

ふと、違和感を覚えた。

でも、その原因がはっきりとわからない……。

「お客様？」

「……あ、いえ……」

疑問を抱いたものの、店員さんの声で現実に引き戻される。

「今日は、お肉だけいただいていきます。ここで用意してもらったほうが美味しいと思いますけど、自分で作りたいんです。その……夫のために作ってあげたい、っていうか」

うわ……自分で言ってて、すっごい照れる！

別にここまで言う必要なんてないのに、気づいたら口から出ていた。

すると店員さんがビックリしたような顔をする。

……あ～、引かれちゃったかな……

こういうところを利用するセレブな奥様は、きっとスマートに「じゃあ、お願いするわ」とか言うんだろうし。

せっかくお店の人が気を使ってくれたのに、わたしのばか！

一人で恥ずかしさに耐えていると、なんだかおかしな気配を感じた。ちらっと周囲を見ると、近くで買い物をしていた奥さんたちが動きを止めてわたしを見ている。

え、なに？　わたし、そんなにおかしなこと言ったの!?

その直後――

「素晴らしいです、奥様!!」

精肉売り場の店員さんの感極まったような声が聞こえた。彼女は、お肉のパックを持つわたしの手をガシッと掴(つか)んでくる。

「旦那様のために自(みずか)らの手間を惜しまないなんて！　まだお若いのになんて健気(けなげ)なんでしょう！」

周囲の奥さんたちからも、なぜか拍手が沸き起こる。わたしは驚いて周囲をきょろきょろと見回してしまった。

あちこちから「偉いわー」「素敵ねぇ」と称賛の声まで聞こえてきて戸惑う。当のわたしだけが、どうしてそんなことを言われているのかわからない。

ええ……、旦那さんのご飯を作るって、そんなにすごいことなの？　そんなことないよね？

だって、わたしのお母さんは普通にやっていることなのに？　お母さんじゃなくたって、こんなことはみんなやってるんじゃないの……！

周囲の反応に、わたしはどんどん落ち着かなくなってくる。

待って、ほんとに待って、どうしてみなさん、そんな反応するの!?

「奥様のような方にご利用いただけて光栄です。なにかお困りごとがございましたら、いつでも声をかけてくださいね」

「は、はい、あ、ありがとうございます……」

「もしよろしければ、当店自慢のチキンブイヨンをお持ちになってください。スープやお鍋、カレーなどにお使いいただけますし、ロールキャベツにも合いますよ」

「あ、ありがとうございますっ、使わせていただきます」

店員さんの勢いに押されて思わず返事をしてしまう。

この店はそんなものまでつけてくれるのか、とセレブなスーパーのサービスにただただ驚く。そのあいだに、お肉コーナーの奥から紺色の紙袋を持った別の女性が出てきた。

わたしの手を握っていた店員さんがその紙袋を受け取り、差し出してくる。

「どうぞ。旦那様に美味しいロールキャベツを作ってあげてくださいね」

「い、いろいろと、ありがとうございました」

持っていたお肉のパックをカゴに入れ、紙袋を受け取りその場を離れた。

「お気をつけて」

穏やかな声が背後からかけられる。

軽く振り向き会釈をしたわたしは、とても奇妙な感覚に囚われた。

応対してくれた店員さんだけじゃない。周囲にいた奥さんたちも、通りがかりの台車を押した年配の男性も……みんな優しい微笑みを浮かべて、わたしを見送ってくれている。

――これは、どういうことだろう？

よくわからないモヤモヤが、胸の中に溜まっていく感じ。

セレブなスーパーって、こういうのが普通なんだろうか。

スッキリしないものを抱えたまま、わたしはレジへ向かう。このスーパーは現金が使えないらしく、支払いはすべてカードだ。

自分でクレジットカードを作ったことはまだない。結婚と同時に雅貴さんがわたし名義のものを用意してくれたので、生活用品を買うときはそれを使うようにしている。

食費とか日用品のお金は一応記録しているけど、家賃や光熱費なんかはどうなってるんだろう。

引き落とし、とかなのかな。

その前に……このマンションの家賃って、いくらなんだろう。雅貴さんに任せっきりで聞いてなかった。というか、聞いていいのかな……って、ちょっと迷ったのが本音なんだよね。

『愛衣はそんなこと気にしなくていいんだ』って、いつもの雅貴さんスマイルで言われるだけのような気がして……

まぁ、月末とかになればわかるかな？

「いつもありがとうございます。西園寺様」

いろいろと考えているうちにお会計が終わっていた。カードを返されたあとで、上品なレジの店員さんが深々と頭を下げる。買い物に来る客層が限られているからか、お客さんの名前を覚えているのかもしれない。

笑顔で会釈をし、わたしはお肉とブイヨンの入った袋を持って、マンションに繋がる出入口へ向かう。そのとき、ふと、なにかを感じて振り返った。

――その瞬間、再び奇妙な感覚が走る。

さっき精肉コーナーで感じたのと同じ感覚。

レジの店員さんも、お会計中のお客さんも、出入口に立つアドバイザーバッジをつけたスーツ姿の男性まで。みんなが、同じように微笑んで、わたしを見送っていた。

胸にあったモヤモヤしたものが、喉元までせり上がってくる。わたしはスーパーから飛び出すと、足早にマンションのエレベーターに向かった。

これはない。これは違うと、わたしの中でなにかが叫んでいる。

以前買い物に来たときは、こんな感覚はなかった。

そう、以前は……。

考えるうちに、足がゆっくりになる。

……これまでは、買い物は雅貴さんと一緒だった。

今日初めて一人で来た。だから、おかしく感じたんだろうか。でも、あれはまるで……

「西園寺様」

声をかけられ、ビクッとする。顔を上げると、マンションのコンシェルジュさんがエントランスから足早に近づいてきた。

三人いるコンシェルジュさんの中で、他の二人から「チーフ」と呼ばれている人だ。たぶん年齢は、お父さんより上だろう。

「お買い物でしたか？　お声をかけていただければお荷物をお持ちいたしましたのに」

笑顔で口にしながら、当たり前のようにわたしの手から荷物を引き取ってしまう。

「すぐですから、大丈夫ですよ」

「ご遠慮なさらないでください、これがわたくしどもの仕事ですから」

穏やかな言い方ながら、彼がとても仕事熱心なのだと伝わってくる。それだけに、なんだか断っちゃいけない気にさせられた。

結局、コンシェルジュさんに荷物を持ってもらい、並んで歩きだす。並んでといっても、彼はわたしより少し後ろを歩いていた。

「今日はどちらかにお出かけになるんですか？」

ほぼ開店と同時にスーパーへ行ったので、このあと予定があると思ったのだろう。

「お友だちとランチの約束をしているんです。だから、その前にお買い物を、と思って」

「さようでございましたか。では、お車をご用意いたしましょう。お時間のご指定は」

「あ、車は……」

久しぶりだし電車で早めに行って、一人で雑貨屋さんなんかをぶらぶら見て回ってもいいか……なんて思っていたのだ。けど……

断ったら申し訳ない……。そんな感情が湧き上がった。

献身的すぎる態度が伝わってきて、無下にできない雰囲気を感じる。

「……じゃあ、十一時ごろに」

「かしこまりました。十一時に、マンションの前にお車をご用意いたします」

わたしは前を向いて、小さな声で「ありがとうございます」とお礼を言った。

そのとき、わたしと一緒に歩いているのはコンシェルジュさんだけじゃないことに気づく。

わたしの視界に入るかどうかのギリギリの距離に、警備員さんがいる。紺色の制服に、帽子を深くかぶっていて、顔はよく見えない。ただとても背の高い人だった。

なんとなく初めて見た気がしないのは、ここに来てから何度か見かけているからかもしれない。

雅貴さんが入居前に、ここは二十四時間オートセキュリティシステムが働く、とても安全性の高いマンションだと説明してくれた。

その関係で、マンションの中でも住人に警備員がつくのが普通なのかもしれない。

……郷に入っては郷に従え、って言うし、これに慣れないとね。

歩きながら、なにげなく辺りに視線を向ける。

マンションとは思えない豪華なエントランスと、ホテルみたいなロビーラウンジが目に入る。マンションの住人なら、いつでもラウンジでお茶ができるって聞いて驚いたんだよね。

なんだか場違いな気がして、ロビーラウンジにはまだ行ったことがないけど。

見ると、数人がロビーラウンジでコーヒーを飲んでいた。エントランスで立ち話をしている人もいるし、大きな荷物を持って外出から帰ってきた人もいる。

――あれ？

あの人、わたしより荷物が大きいのに、コンシェルジュさんは持ってあげたりしないのかな？

それに、エントランスやラウンジにいる住人に、警備員さんがついている感じもない。

――わたしだけ？

なんとなくの疑問が湧いたとき、そういえば雅貴さんがわたしに不自由のない場所をセレクトしたいと言っていたのを思い出した。

もしかして、入居前に雅貴さんがコンシェルジュさんや警備員さんになにか頼んだのだろうか。

見かけたら手を貸してやってくれ、とか、身辺警護してくれ、とか……

たくさん住民がいるのに一人だけ特別扱いとか普通は考えられないけど……雅貴さんなら、そのくらいやっていそう。

というか、絶対やってる気がする！

疑問のすべてを雅貴さんの仕業で片づけ、わたしは十一時に用意してもらった車に乗り込み、碧と待ち合わせたカフェに向かった。

車はマンションで使っている送迎車らしい。タクシーみたいなものかと思ったけれど料金を取られるわけじゃないし、外見からしてタクシーじゃない。誰が見ても、立派な高級車にしか見えません。

しかも運転しているのはマンションの警備員さんだ。たぶん、エントランスでわたしについてきていた人だと思う。ちゃんと確認したわけじゃないけど、背の高さと独特の雰囲気が同じだから。

「お帰りの時間を教えていただければ、お迎えにあがります」

この警備員さん、声にも聞き覚えがあるような……

「どのくらいかかるかわからないので、帰りはいいです」

ランチだけだし一時間か一時間半くらいだとは思うけど、そのために来てもらうのも申し訳ない。わたしは送ってもらったお礼を言って車を降りた。

木製のアンティークなドアが特徴の、小さなカフェ。食事も店の雰囲気も気に入っているけど、ドアを開けたときのチリンチリンと鳴る鈴の音が耳に響きすぎるのが玉に瑕(きず)。

でも、今日はその音に当たり前の日常を感じて心がなごんだ。

店内を見ると、窓側の席にいた碧が軽く手を上げて合図をしてきた。

「ごめんね、待たせた？」

彼女の向かいに座り、やってきたウエイトレスさんからランチメニューを受け取る。注文しないで待っていてくれた碧も、一緒にメニューを覗(のぞ)きこんできた。

「待ってないよー。あたしもついさっき来たところ」

「よかった」

「席に座ってなにげなく外を見たら、店の前にすっごい高級車が停まって愛衣が出てくるからビックリしたよ。あれって西園寺家の運転手さん？」

「違う違う。あの人は、マンションの警備員さん。車はマンションで用意してくれたんだ」

「へー。マンションってそんなことまでしてくれんだ？　……あっ、このセット美味(おい)しそうじゃない？」

「ホントだ。でも、こっちのセットにはアイスがつくよ」

話しながらメニューを選び、注文を済ませる。ウエイトレスさんが席を離れたところで、わたしはお水を一気に飲んで、ハアーッと長い息を吐いた。

「あー、なんかスッキリするー」

「なによぉ、愛衣。お酒飲みながら『やってられねー』ってクダ巻いてるサラリーマンみたいだよ」

「なに、それー」

「バイトしてる居酒屋に、よくそういう人が来るし」

「えー、ドラマでしか見たことないよ、そんな人。本当にいるの？」

「いるいる。今度おいでよ」

「いきたいー」

アハハと笑いながら水のグラスを再び口元へ持っていくが、カラだったことに気づいてテーブルに戻す。

「でも……無理かも」

思わず口からこぼれた言葉は、ずいぶんと情けない声だったのかもしれない。

碧がテーブルに両腕を置いて身を乗り出した。

「旦那さん、外出とかに厳しいの？」

「ううん……雅貴さんはなにも言わないんだけど……」

「けど？」

「……なんか、マンションにいても誰かに見られているような気がするっていうか。すごく、周りに気を使われている感じがする」

「そりゃあ、周囲が気を使うのは当然じゃない？　愛衣は、西園寺家の奥様なんだもん。あのラリューガーデンズホテルチェーンの社長夫人だよ？　あたしらみたいな一般人は、名前を聞いても『へー、すごいねー』くらいしか思わないけど、愛衣が住んでるセレブマンションの人なら、ラリューガーデンズホテルチェーンがどんなものかわかってるだろうし、そこの社長夫人となれば注目もされるでしょう？」

スーパーでのあの待遇も、マンション内でのあの扱いも、そのせいなんだろうか。

「それに、見られてる、っていうのはボディガードなんじゃないの？」

「それはないよ。お願いしてボディガードは外してもらったんだから」

「でも、お宅の旦那さんのことだから、きっと愛衣に危険が及ばないように、なんかしているんじゃない？」

「そうかな？　そういうのはやめてって言ったんだけど」

そう言いつつ、雅貴さんのことだから、なにか手は打っているのかもしれないという気がしてくる。

あれだけいろいろ心配していた人が、友だちが怖がるからやめてくれと言ったくらいで、素直にやめるとは思えないかも……

「……あっ」

わたしは咄嗟に思いついたことを口にした。

「たとえばだけど、自分の息のかかった人間を、そうとはわからないようにこっそり周囲に配置しておくとか……」

「あー、あるんじゃない？」

碧はあっさりと肯定する。言いながら、わたしがカラのグラスをいつまでも握っていることに気づいて、口をつけていない自分のグラスを差し出してきた。

「愛衣が困らないように、危険がないように、ボディガードなんて目立つ形じゃなく、自分の息がかかった人間をそれとなく配置しておくのよ。それこそご近所さんみたいな形でね。で、愛衣は知らないうちに周囲から守られている……みたいな。うわー、なんかミステリー小説なんかにありそう！」

「ちょっと、面白がらないでよ～」

そう言ったわたしに、碧は楽しげな笑みを向ける。一緒に笑ってみせるものの、内心まさかという思いでいっぱいだった。

笑い事ではないかもしれない。だって、思い当たる節がありすぎる。

「一生に一度の結婚式で、妻の男友だちを完全にシャットアウトするくらいだもの。冗談抜きに、あの旦那さんなら愛衣を守るためにそのくらいやるかもね」

「シャットアウト？　なにそれ？」

「だからさ、愛衣を不埒な輩から守るために……」

「いや、そこじゃなくて、男友だちのシャットアウトって……」

すると、碧が目をぱちくりさせた。

「愛衣、知らなかったの？　だって結婚式の日、こっそり教えてあげたサプライズがなかったでしょう？」

　碧が言っているのは、披露宴に招待できなかった大学の友人たちが企画していたサプライズのこと。でも、当日それらしいことはなかったので、なにかの事情で中止になったんだろうと思っていた。

　なのに、シャットアウトとは、どういうことか。

「あの日、披露宴会場から出てきた愛衣に、花束を渡して『おめでとー』ってするつもりだったんだって。でもそこに行くエレベーターの手前で、止められたって」

「止められたって、誰に？」

「ホテルの人？　警備員とかもいたみたい。『招待されていない方は、ご遠慮願います』みたいに言われたって」

「え、でも……」

「花を渡して、お祝いを言いたいだけって説明したらしいけど、とにかく男が交じっているから駄目だ、みたいなこと言われたらしいよ。西園寺家からそういった指示があったって」

「西園寺家から⁉」

驚いて、つい大きな声が出てしまった。

「考えてみれば、いくら社長のお嫁さんの友だちでも、招待客じゃない人間を不用意に通すわけにいかないっていうのは当然かな。なにがあるかわからない世の中だし。そういうことをよくわかっているだろう西園寺家は、やっぱり慎重になるんじゃない」

妙に納得したような顔でうなずいている碧を前に、わたしは結婚式当日のことを思い出す。

ウエディングドレス姿に感動して、『誰にも見せたくないな』と冗談みたいに言った雅貴さん。

あの言葉は、本気だったの？

それくらい強くわたしを想ってくれている、というのはもちろん嬉しいんだけど……サプライズに来てくれた友だちを完全シャットアウトというのはどうなんだろう。

その理由が、警備上の問題だけでないとしたら？

「結婚式のときも思ったけど、ホント大事にされてるよね。招待客に男を入れなかったのも、もしかしてやきもちかな～とか思っちゃうよ。普段の生活とかでも、ちょっと若い男に話しかけられただけで、旦那さんやきもち焼いてるんじゃない？」

「若い……男の人……」

　ふと、妙なことに気づいた。

　そういえば、わたしの周りに……若い男性がいない……かも。

　え……いつから？

　マンションで、スーパーで、同じ年くらいの若い男性に接触しただろうか。

　いや、男性はいても、みんなお父さんくらいの年齢の人ばかりだった気がする。

　こんなことが、自然に起こり得るのだろうか。

　――いや、絶対におかしい！

　そうやって考えると……若い女性や子どももあまり見かけなくなったように思う。

　わたしの周囲にいるのは、礼儀正しくて、こちらを気遣ってくれる大人の男女。

　いつの間にか、そんな人たちで周りを固められていないか。

　こんな偶然、あるはずがない……

　――でも、そんな偶然を装（よそお）ってしまえる人が一人いる。

「……雅貴さん……」

　わたしは呆然と呟（つぶや）いていた。

第四章　激愛、されてます！

お鍋からコトコトコトと、いい音がする。

ロールキャベツを煮こむ鍋をぼんやりと眺めながら、小さく息を吐いた。

碧と別れて帰宅したわたしは、すぐに夕食の準備を始めた。ロールキャベツを作るのには、そんなに時間はかからない。下準備に少し時間がいるとしても、夕飯の支度を始めるには明らかに早い時刻だった。

碧と会っている最中、雅貴さんから電話がきたのだ。彼は今日、早く帰ってこられるらしい。

冷蔵庫から牛乳を取り出しグラスに注ぐ。

瓶入りの牛乳って、どうして高級に見えるんだろう――実際、これは高級品なんだけど。

ゆっくりと味わうように口に含めば、濃厚な味わいが鼻に抜ける。

……うん、いつも「美味しい～」って絶賛してしまう味。

そのとき、ドアチャイムが鳴り、玄関のドアが開く音がした。すぐに「いい匂いだな」と雅貴さんの楽しげな声が聞こえてくる。

　グラスの牛乳を飲み干しているうちにリビングのドアが開いて、雅貴さんが入ってきた。

「愛衣、ただいま」

　彼はキッチンへ入ってきてわたしを抱き寄せる。そのままチュッと唇にキスをして、ポンポンと背を叩いた。

「牛乳味のキスっていうのもアレだな」

「飲みますか？　雅貴さんも好きな味ですよ。きっと」

　雅貴さんはわたしが冗談を言っていると思ったようだ。「いや、いいよ」と笑って、コトコト音を立てる鍋に近づいていく。わたしはその背中に声をかけた。

「今朝いただいたばかりの……西園寺家で愛用している牛乳です」

　雅貴さんはわたしの言葉に反応して足を止めた。お鍋まで、あと二歩ほど足りない。

「牛乳と一緒にお野菜もいただきましたよ。キャベツとキノコとお芋。今朝、冷蔵庫を見ながら、わたしが買ってこなきゃって言っていたものです。同じフロアの青山さんにいただきました。欲しかったもの全部。……それを知っているのは、雅貴さんだけなのに」

　雅貴さんは動かない。わたしは言葉を続けた。

「青山さんには、以前もお豆腐をいただきました。あの日は、朝わたしが夕食の献立をいろいろと悩んでいて、昼に雅貴さんが麻婆豆腐を食べたいって連絡をくれた日です。その直後にいただき物をして、なんてラッキーな偶然なんだろう、って……。単純に喜んでいました。でも……」

キッチンテーブルに置いていた牛乳の瓶を手に取り、じっと見つめる。この瓶には見覚えがあった。正確には、瓶に記載された酪農家の名前に覚えがあった。

これは、ラリューガーデンズホテルチェーンが専属契約している酪農家の名前だ。西園寺家でもここの乳製品を使用している。

牛乳は濃厚でとても美味しくて、それほど牛乳を飲まなかったわたしでも、おかわりしてしまうほど。

雅貴さんと結婚すると決まったころから、出来る範囲で彼のお仕事に関する取引先や関連企業について勉強するようになった。それもあって、この酪農家さんの名前にも気づくことができた。

「雅貴さん、青山さんは、西園寺家に関係のある人ですよね？　勤めている人か……その家族か。家事に精通する人をわたしのそばに置いて、なにかあったときに助けられるように手を回したんですか」

はっきりとした証拠はない。雅貴さんに違うと言われたらそれまでだ。

けれど、もしこれが本当に当たっているなら、雅貴さんはきちんと認めてくれるはずだった。

彼は知られた真実を、ごまかすようなことはしない人だ。

ふと、コンロの上の鍋が気になった。

「すみません、雅貴さん。お鍋の火、止めてください」

わたしがお願いをすると、雅貴さんは火を止めてくれた。コトコトいっていた音がやむ。そのとたん、なぜかキッチンに漂う匂いが強くなったように感じた。

「いい匂いだな。今日はなにを作ったんだ？」

「ロールキャベツです。とてもいいキャベツをいただいたので」

「そうか、楽しみだ」

「きっと美味しいと思います。……西園寺家のシェフ特製のブイヨンで煮こみましたから」

これにも証拠はない。でも、たぶん間違いないだろう。

雅貴さんがゆっくりと振り返る。そして、表情を強張らせているわたしを見て苦笑した。

「それは、どういう意味かな？」

「スーパーで、店員の方にとても親切にしてもらいました。それこそ本当に手いらずでロールキャベツができてしまうほど。サービスといってブイヨンまでいただいて。もう本当に、至れり尽くせりです。あの店員さんも、西園寺家に関係のある方なんでしょう？　ううん、もしかしたらスーパーの従業員さんすべて……。まさか、お客さんも……？」

推測ではあるけれど、かなり確信をもっていた。

わたしの脳裏には、見守るような微笑みを浮かべたスーパーの人たちがぐるぐると回っている。

雅貴さんのためにお料理をしたいと言ったわたしに感動し、褒めて拍手までしてくれた。

あれは、普通ではありえないことだから。

でも……、あんなにたくさんの人を私的に動かすことなんて、本当にできるものなのだろうか。

まっすぐにわたしを見つめる雅貴さんが、ふっと微笑んだ。

無意識に、ビクッと背筋が伸びる。

彼の微笑みは、いきなり背筋に氷柱を押し当てられたような凄味があったから。

「あのスーパーは、西園寺で買い取った。……チーフ以上の従業員は、西園寺ホールディングスで教育された人材と入れ替えてある。マンションも同様だ。ついでに言えば、このマンションと、それに付属する施設は、西園寺の……いや、愛衣。おまえの名義になっている」

氷柱を押し当てられるどころじゃない。

背筋が凍ってしまいそうだ。

このマンションすべてが？　スーパーも？　マンションに付属する施設も？

わたしがオーナーだっていうこと？

「ここで働く者たちはそれを知っている。ラリューガーデンズホテルチェーンの社長夫人が自分たちの雇い主だと。そして、その後見人が俺だ。オーナーたるおまえに、傷ひとつ、不満ひとつ、与えてはならない。もしそんなことがあれば、後見人の俺がどう思うか……。それを、しっかりと説明してある」

「そんな……。だから、みんなあんなに親切で……」

「常に愛衣が生活しやすい環境を整えたかった。それだけだ」

チーフコンシェルジュがわたしに気を使うのも、どこにいても警備員がつくのも、そういう理由からだったんだ……

「愛衣……」

近寄ってきた雅貴さんが、わたしを抱きしめる。優しく包みこみ、頭を撫でられた。

「俺のために奥さんらしいことをしたいという愛衣の気持ちは嬉しい。だが同時に俺は、おまえに不便な思いをさせたくなかった。いやな思いも、つらい思いも、悩みさえ……。おまえから笑顔を奪う原因となるものを、俺は許せない」

「でも、雅貴さん……」

「本当は、西園寺家でなにひとつ不自由のない毎日を送ってもらいたかった。けれど、愛衣は自分が生活にかかわるスタイルを望んだ。だから、マンションやそれに伴うすべてのものを調整し、愛衣に不便のない生活環境を整えたんだ」

——想像を超えている。

彼がすごい人だと、なんでもできる人だということはわかっているはずだった。

けれど、わたしに不便な思いをさせないためだけに、ここまでやってしまうなんて……

そう思った瞬間、胸が詰まって、激しい感情が湧き上がってきた。

わたしは両手で雅貴さんの胸を強く押し、彼の腕から逃れる。

「違います……！」

「愛衣？」

「そんな……そんな至れり尽くせりの生活、わたしは望んでなんかいない！」

ドクンドクンと鼓動が速くて、胸が痛いくらいだ。

昂る感情を、自分で抑えることができなかった。

でも、胸の中で荒れ狂うこの感情は、怒りではないとわかっている。

――わたしは、悲しいんだ……。

「わたしは……、そんなことをしてほしかったんじゃないんです！　そんな、便利すぎる環境に身を置きたかったわけじゃない！」

……すごく贅沢なことを言っていると思う。

雅貴さんは、わたしのためを思っていろいろな根回しをしてくれた。わたしのことを最大限に考えて、わたしのいいように……って。

でも、……違う。……違うの！

「わたしは、雅貴さんのためになにかしたかったの！　雅貴さんのお嫁さんとして、お嫁さんらしいことをしてあげたかった……！　毎日、お仕事頑張れるように、旦那さんのお世話をして、思考錯誤しながら美味しいご飯を作って。わたしは、雅貴さんを癒してあげられる奥さんになりたかったの……。なのにこんな……いつの間にか、なんでもしてもらっちゃって。これじゃあ、わたし、なんのために雅貴さんのそばにいるんですか！」

いつの間にかすべてがお膳立てされていた。知らないのはわたしだけ。そんなところから火が点いた悲しさは、自分の想いを口にしているうちに悔しさへと変わっていく。

そのせいか、後半は感情的になって叫んでしまっていた。

そんなわたしを見て、雅貴さんはわたしが真実を知って動揺していると思ったのかもしれない。少し焦った顔をしてわたしに手を伸ばしてきた。しかしわたしが彼の手を避けるように身をよじると、その手をグッと握って真剣な眼差しを向けてきたのだ。

「愛衣は充分俺の癒しになっている。昔から変わらず、ずっと」

「昔と変わらない!? 雅貴さんにとって、わたしは昔の……なにもできない子どものままなんですか？　だから雅貴さんは、わたしがなにもしなくていいように、周囲に手を回すんですか！」

……なんだろう……、わたし、すごく子どもっぽいことを言っている。

こんなの、ただの揚げ足取りだし、子どもの癇癪と変わらない。

彼のためにと言ったって、結局、自分一人で完璧にお世話することなんてできやしないのに、雅貴さんだけを責めてしまう。

そんな子どもっぽい自分がいやで堪らない。

なのに、一度溢れ出した感情を止められなかった。

感情が昂って、熱いのか冷たいのかわからない汗が出てくる。心臓が痛いくらい騒ぎ立て、息苦しさにクラクラした。

ふと目の前の彼を見ると、きつく眉を寄せた険しい顔で唇を引き結んでいる。

初めて見る彼の表情に、一気に血の気が失せていく。

──わたし、雅貴さんを怒らせてしまった……!?

どうしよう……！　どうしたらいいのかわからない。

鼓動がどんどん速くなって、本当に倒れてしまいそうだ。

「子ども扱いなんて……していない」

雅貴さんが口を開く。その口調は真剣で、重圧感のあるトーンがちょっと怖かった。

「なにもかもどうでもよくなってしまうほど、愛衣を愛してる。だから心配だし不安なんだ。俺の目が届かないところでなにかあったら……他の男に触れられてしまったら……そう考えると、仕事も手につかない。いっそ、本当に隔離して誰の目にもさらされない所に閉じこめておきたいくらいなのに……」

「……雅貴さん？」

冗談……ですよね？

雅貴さんは以前にも、いっときも離さず連れて歩きたいとか誰の目にも触れさせたくないとか、冗談を言ってわたしをドキドキさせたことがある。

それと同じ種類の冗談ですよね？

「でもそれだと、自由を奪われた愛衣が悲しんでしまうかもしれない。それでは意味がないから、せめてボディガードを付けて、愛衣の身の安全を確保しようとしたんだ。しかし愛衣はボディガードをいやがった。それならどうする？　──愛衣を決して傷つけない、安全な環境を作るしかないだろう？」

　これは、冗談で言っているんじゃないんだ……

　雅貴さんの口調から、いやというほどそれが伝わってくる。

　わたしはごくりと唾を呑みこんだ。彼の愛情が、思っていた以上に強くて重い。けれど真剣に言ってくれてるんだから、それだけ愛されていると考えれば嬉しいことではある。

　でも、少し行きすぎなんじゃ……

　喉が詰まるような息苦しさを感じながら、わたしは途切れ途切れに言葉を口にした。

「考えすぎ……ですよ。そんな、心配しなくたって、わたしが雅貴さん以外の男の人にフラフラするはずないし……。それに……そんな、四方八方から守ってもらわなくたって、平気です。少しぐらい困ったことや迷うこと、つらいことがあっても、わたし、雅貴さんのためならそんなの……」

「それじゃあ意味がないんだ！」

　大きな声を出されて、わたしはビクッと身体を震わせ言葉を止めた。雅貴さんは厳しい表情で続ける。

「愛衣が『そんなはずない』と言ったところで、絶対という確証はない。愛衣が意識していないところで、狙われる可能性だってある。少しくらい困ったことや迷うことがあってもいい？　馬鹿を言うな。そんなこと認められない。そんな妥協をしたら、今までなんのために愛衣を守ってきたかわからない」

雅貴さんの迫力に、さーっと、血の気が引いた。

自分の意見を否定されることに、こんなにも絶望を感じたことがあっただろうか。

雅貴さんがわたしのことをすごく想ってくれてるっていうのはわかる。でも……だったらわたしの想いは？　わたしが雅貴さんを想う気持ちは、意味がないってことなの？　だって、否定されたってことは、わたしの気持ちなんてどうでもいいってことなんですよね？

なにかを言おうと口を開きかける。心に溜まっていく疑問をぶつけたい気持ちもあれば、雅貴さんの言葉に反論したい気持ちもある。けれど、なぜか声が出てこない。

疑問をぶつけたところで、反論したところで、雅貴さんが自分の意見を変えて折れてくれるとは思えない。それほど強い意思を、彼の言葉から感じた。

わたしが折れて納得するしかない？

彼と一緒にいたいなら、この現状を、当然のことなんだと受け入れるしかないの？

「少し……頭、冷やしてきます……」

呆然と呟（つぶや）き、わたしはキッチンを出て、リビングのソファーに置きっ放しにしていた自分のショルダーバッグを手に取る。これ以上ここで考えていても、絶望的な考えしか浮かばない気がした。一度頭をリセットしたい。そう思ったのだ。

「愛衣！」

背後から、雅貴さんの声が飛んできた。さっきまでと同じくらい厳しい声に、わたしの背筋がビクッと伸びた。足が震えて、その場から動けなくなる。

……怖くて振り返れない。

そんなわたしを、背後から雅貴さんが抱きしめてきた。

「どこへ行く。俺から離れるな」

「……だから、頭を……」

「そんな必要はないと言っているだろう。愛衣は悩む必要も迷う必要もないんだ。俺が守ってやる。愛衣はただ、俺のそばで笑っていてくれるだけでいい」

――違う……

違うよ、雅貴さん……。そんなの夫婦じゃないよ……

考え方が違うって、価値観が違うって、こんなにつらいことだったんだ。

胸が苦しくて呼吸もままならない。

「……それじゃあ、ケースに入れて大事に飾っているお人形と変わらないよ。わたしは、そんな奥さんにはなりたくない……」

声が震える。泣いてしまいそうだ。

「雅貴さんの思うような奥さんじゃなきゃダメなら……離婚……して、ください……」

ぽつりと口から出た言葉に、わたし自身も傷つく。

そんなの、絶対にいやだ――！

でも、彼の言うことを受け入れてしまったら、わたしは雅貴さんの普通の奥さんにはなれない……

どんなに雅貴さんが好きでも、そうなる可能性は高いだろうと思えた。

わたしは胸の痛みに耐えきれず、身をよじって雅貴さんの腕から逃れる。そのまま玄関へ駆(か)け出す。

そして、振り返ることなくマンションから逃げ出したのだった。

＊＊＊＊＊

「離婚だと……なに、を言っているんだ」

自分のものとは思えない、酷く呆然とした声が出た。

愛衣はなにを言っているんだ？　離婚？　なぜそんなことを言う。

キッチンテーブルに近寄り、出しっ放しの牛乳瓶(びん)を手に取る。

愛衣のためによかれと思ってしたことが、裏目に出たようだ……

彼女はこの牛乳が、ラリューガーデンズホテルと専属契約している酪農家のものだと気づき、そこからいろいろなことを導き出したのかもしれない。

昔からそうだが、頭のいい子だ。習得したことはしっかりと自分の知識にして、物事に応用できる。愛衣の賢さは、ずっと彼女の家庭教師をしていた俺がよく知っていた。

あの察しのよさや機転の利き方は、贔屓目でなくとも俺の妻にふさわしい。

……というより、俺は愛衣以外の女を妻とする気はないが。

手に持ったままの瓶をキッチンテーブルに置く。すぐに思い直して、冷蔵庫へ片づけた。

牛乳瓶を出しっ放しにしていたら、きっと愛衣は言うだろう。

『雅貴さん、すみませーん、牛乳を冷蔵庫に入れておいてください。キャップ、ちゃんと閉まっているか確認してくださいねぇ』

申し訳ないけどお願いします——そんな彼女が容易に想像できる。

愛衣を想えば、真っ先に脳裏に浮かぶ彼女の笑顔と声。

それが、どれだけ俺を癒してきたことか。

愛しくて愛しくて、俺の人生のすべてだと言っても過言じゃない。

そんなかわいい愛衣に、面倒なことはさせたくなかったんだ。

西園寺家にいれば、完璧に教育が行き届いた優秀なスタッフがいる。彼らがいる限り、愛衣が苦労することはないと安心していた。

けれど彼女は、自分はなにもできないのかと日に日に沈んでいってしまったのだ。

愛衣の笑顔を守るため、新たに提案したのが二人暮らしだった。新婚のあいだは、二人きりで他人の目が一切ない環境というのもいいかもしれない。

速攻でマンションを買い取り、スーパーも買収し、人事を入れ替え、近隣環境を整えた。

愛衣が決して困らない、安心安全な環境を作ったのだ。

すべて完璧だった。そのはずなのに……

先ほど目の当たりにした悲しげな愛衣の表情を、泣きそうになって震えていた声を思い出す。

あんな顔をさせてしまったのは、俺なのか？　泣かせたくない、悲しい思いはさせたくないと、なによりも誰よりも考えていたはずの俺が……！

ぎりっと、奥歯を噛みしめる。これまで感じたことのない後悔がこみ上げてきた。

——俺が、愛衣を苦しめていたっていうのか……？

ない。

＊＊＊＊

マンションの正面から出たら、きっとコンシェルジュさんに話しかけられる。

どこまで情報が筒抜けになっているかわからないから、用心したほうがいいかもしれない。

わたしはエレベーターを二階で降りると一階まで階段を使い、正面エントランスを避けて裏口にあたる第二出入口から外へ出た。

あまり見かけない警備員さんが立っていたけど、話しかけられる前に通りすぎる。

勢いで出てきてしまったけど、これからどこへ行ったらいいだろう。

実家に行くわけにはいかないし、西園寺家なんてもっての外だ。

頭を冷やすなんて大きなことを言ったくせに、いざこうなってみるとどうしたらいいのかわからない。

子どもだな……わたし。こんなわたしが言っていることなんて、本当にただの我儘にしか聞こえなかったんじゃないだろうか。

雅貴さん、呆れただろうな。

自己嫌悪でいっぱいだ。なにかにすがって泣いてしまいたい。

――大丈夫、愛衣？　つらいことない？　いつでも声かけてよ、夜中でもいいし。愚痴(ぐち)とか弱音とか、なんでもつきあうからね。

「碧……」

ふと、彼女が言ってくれた言葉を思い出した。わかってくれる人と話したい。そう思ってしまうほど、心が弱っているのを感じる。

スマホを取り出し、わたしは急いでマンションから離れ、小さなベーカリーの前で立ち止まった。

『愛衣？　どうした、なんかあったの？』

ほぼワンコールで応答してくれた碧は、開口一番そう尋ねてくる。カフェで話をしていたとき、急に様子の変わったわたしをずいぶんと気にしてくれていたようだ。

『旦那さんと喧嘩しちゃった？』

「うん……。言わなくてもいいことまで言っちゃったかもしれない。頭を冷やすってマンションを飛び出してきちゃったんだけど。……行くとこなくて」

『だったら、うちにおいで。話を聞くだけしかできないけど、一人でいるよりマシでしょ？』

わたしを心配して言ってくれているのが声のトーンから伝わってくる。申し訳ないと思いつつ、わたしは彼女の厚意に甘えた。

「ごめん……碧」

『いいよ、いいよ。そんな状態じゃ旦那さんの実家どころか自分の実家にも行きづらいでしょ。おいで、待ってるから』

「うん、ありがとう」

通話を終えて、笑みが漏れる。こういうとき、友だちっていいなって、本当に思う。

確かに、いきなり実家になんて帰って両親に心配をかけたくない。それに、西園寺家のお義母さんに相談をしても、きっと諭されてしまうだろうから。

西園寺家の普通に馴染めない、わたしが悪いんだし……

馴染めない……？

違う……。合わせようと思えばできたはずだ。お義母さんのように、自分の立場をハッキリと理解して、使用人にやってもらうのが当たり前なんだって割り切ればよかっただけ。

雅貴さんのお嫁さんになったって自覚はあった。でもわたしは、西園寺家の人間になったっていう自覚が足りなかったのかもしれない。

鼻の奥がツンッとして、今にも涙がこぼれそうになる。

ただ彼と結婚できることに浮かれて、現実を見ていなかった。

それなのに、自分が思い描いた結婚生活ができないからって、我儘を言って雅貴さんを怒らせてしまった。

「……わたしは……、雅貴さんのお嫁さんになりたかっただけ……」

涙がポロリとこぼれた。

子ども扱いしないでください、なんて生意気なことを言ったけど、わたしは本当に子どもでしかない……

手に持ったままだったスマホが着信を告げ、ビクッと身体が震える。まさかの予感に目を向けると、雅貴さんからの電話だった。

『愛衣』

応答してすぐに聞こえてくる声。怒ってはいない。けれど冷静すぎて……かえって恐怖を感じる。

どうしよう、本当に離婚されちゃったら……

『ロールキャベツが冷めるぞ？』

彼の次の言葉にビクビクしていたわたしは、一瞬なにを言われたのかわからなかった。

え……これって、戻ってこいっていうこと？

雅貴さん、怒ってないの……

だけど、このままなにもなかったように戻っていいのか、という気持ちが湧き上がってくる。

わたしは、もっとちゃんと自分の立場や、雅貴さんの隣にいるためにどうしたらいいかを考えるべきじゃないだろうか。

「少し……時間をください……」

まだ嗚咽（おえつ）が出そうな気配は残っていたけれど、わたしは意識してそれを抑えた。

「いろいろ、考える時間が欲しいんです……」

『なにを考える？』

「このまま……雅貴さんのお嫁さんでいられる方法を……」

『だったら……』

雅貴さんはきっと、だったら戻ってくれればいい、そう言ってくれようとしたのだと思う。

でも……

「ここでちゃんと考えないと、わたしはまた同じことを繰り返して雅貴さんを困らせる、我儘（わがまま）な子どものままです。……そんなの、……いやなんです！」

そう言うと、彼は電話口で無言になった。

口調が強かっただろうか。……いや、たぶん、わたしが泣きそうな声で言ったからだ。

わたしは片手で口を押さえ、彼に嗚咽（おえつ）が聞こえないようにする。

直後、雅貴さんが溜息をついたような気配がして、わたしの目からぼろぼろと涙がこぼれた。

駄目だ。きっと呆れられた。わたしなんかと結婚したことを、彼は後悔したに違いない。

『いつまで……待てばいい？』

その言葉を聞いて、わたしは目を見開いた。驚いたせいで嗚咽が止まる。

待っていてくれるんですか？　わたしの気持ちがちゃんとまとまるまで。

このまま離婚されるんじゃないかと不安を感じた直後だったから、よけいに胸が締め付けられる。

「……連絡……します……」

わたしはやっとの思いでそれだけ言った。『わかった』と小さな呟きが聞こえ、電話が切れる。

「雅貴さん……」

こんな、不甲斐ない奥さんで……ごめんなさい……

それでも、彼は時間をくれた。わたしが、これからのことを考える時間を。

わたしの我儘でしかないのに。

――怒らず、ただ、見守るように。わたしが戻るのを待ってくれようとしている……

度が過ぎていようと、常軌を逸していようと、雅貴さんの愛情はいつも一途だった。

なのに、わたしは……！

彼の愛情に、同じだけの愛情で応えることもできていない……

流れる涙を止めることができないまま、わたしはその場にしゃがみこんで号泣してしまった。

碧が一人暮らしをしているアパートにお邪魔したわたし。

その夜は、大して飲めないお酒を飲んで散々泣いた。そしてそのまま、しばらく彼女の部屋に泊まらせてもらうことになった。

後悔して、反省して、泣いて……

――雅貴さんのもとを飛び出してから、一週間がたっていた。

「落ち着くまでここにいていいんだよ。いろいろ考えたいんでしょ？」

碧は居酒屋チェーン店でバイトをしているので、一日中部屋にいるわけじゃない。わたしはそのあいだに、家事をしたり新学期の準備なんかをしていた。

そんな普通の生活を送りながら、ふと考える。

もし雅貴さんが西園寺家みたいなすごいお家の人じゃなかったら、こんなふうに普通の生活をしていたんじゃないかな。

彼が仕事に行っているあいだに、わたしが部屋を掃除して、買い物をして、ご飯を作って……

でもこれは、わたしの考える〝普通〟なんだ。

至れり尽くせりの雅貴さんとの生活に、わたしは不満を言った。「普通じゃない」と。

でもあれは、雅貴さんにとっては〝普通〟だったんだ。

全力で仕事に打ちこめる環境——そのための便利な生活。

それを支えるプロフェッショナルたちが常に周囲に控えていて、自分の仕事に支障が出ない環境を整える。それは、彼の立場や仕事を考えれば、当然のことなのだ。

贅沢（ぜいたく）とかセレブなんて言葉で簡単に片づけられるものじゃない。

雅貴さんに奥さんらしいことをしたいなんて理由で、文句を言ったり意見したりしちゃいけなかったんだ……

でも彼は、わたしの我儘（わがまま）で西園寺家を出ることになってしまったにもかかわらず、不満を顔や態度に出したことはなかった。

いつだって優しく微笑んで、わたしにたくさんの愛情をくれた。

わたしはただそれに甘えるばかりで……

どうして、わかってあげられなかったんだろう……

碧の部屋で一人になるたび、わたしは膝を抱えてそんなことばかりを考えていた。

＊＊＊＊

「不機嫌だな」

話しかけられてふと顔を上げる。機嫌よく社長室に入ってきた友人の大和が、フラワーテーブルに飾られている花を眺めていた。

「それは、俺に言っているのか？　花に言っているのか？」

むすっとして言うと、大和は気障ったらしい顔をこちらへ向けにやりと笑った。

「この花はうちの会社のものだろう？　我が社のかわいい花たちが不機嫌なはずがない。機嫌が悪いのは、君のことだよ」

相変わらずの花贔屓だ。生花流通商社の跡取りとして、生まれたときから花に囲まれ、現在は副社長という立場についている。そんな育ち方をすると、こんなにも花に対して愛着を持つものなのだろうか。

そんなことを考えつつ、俺は手に持っていた書類をデスクに放る。深く長い息を吐きながら椅子の背もたれに身を預けた。

……生まれたときからかかわっていれば……そうなるのは当たり前か……

自分の生活、いや、自分の身体の一部といっても過言ではないだろう。

――俺にとっての、愛衣のように。

秘書が入室する。俺と大和、二人分のコーヒーを運んできたのだ。大和が秘書と花の話をし始めたのを横目に、俺はデスクの上に置きっ放しにしているスマホに目を向けた。

今日も、愛衣からの連絡はない。

もう一週間だ。いつ連絡が来るかと、そればかりを考えて目のつく場所にスマホを置きっ放しにしているのだが、愛衣からの連絡は一向に来ない。

いっそ、俺のほうから連絡を入れればいいのでは……と何度も思ったが……

できないのだ。


――ここでちゃんと考えないと、わたしはまた同じことを繰り返して雅貴さんを困らせる、我儘（わがまま）な子どものままです。……そんなの、……いやなんです！

泣きそうな声で、叫んだ愛衣。

どれだけつらかったのだろうと思うと、彼女の気が済むまで考える時間をあげたいとも思う。

ただ、気が済むまで考えて、もしも別れたいという結論に達したら？

それだけは、絶対に認められない。

だが……

――そんな至れり尽くせりの生活、わたしは望んでなんかいない！

もう我慢ができない。そんな雰囲気で感情をあらわにした愛衣を思い出す。

——わたしは、雅貴さんのためになにかしたかったの！

普段おとなしい愛衣があんなにムキになって。いったいどれだけ我慢していたのだろう。

愛衣の言葉が、いつまでも頭の中でぐるぐる回っている。

よかれと思ってやっていたことが、逆に彼女を悩ませ、追い詰め……泣かせてしまうことになるなんて。

彼女を泣かせるものはなんであっても決して許さないと思い続けてきた俺自身が、彼女を泣かせる原因になってしまった。

俺のためになにかしたかった。俺を癒せる奥さんになりたかった。愛衣はそう言った。

でも、彼女が俺のそばで笑っていてくれる——それだけで、愛衣の言ったことは叶えられていたんだ。

愛衣は、俺のすべてだから。

「愛衣……」

自分にしか聞こえないほどの小さな声で呟き、視線を下げる。愛衣のことを思いながら軽く目を閉じると、あの日の光景を思い浮かべた。

——二十年前。……俺が天使に会った日。

俺はまだ十歳だった。父の友人に子どもが産まれ、屋敷の近くに家を建てて引っ越してきたというので、俺は父に連れられてその家を訪れた。

そこに、天使がいた——

ベビーベッドの中で、もそもそと動く赤ん坊。

それが、生後三ヶ月の愛衣だった。

白くて、ふわふわしていて、とんでもなくかわいい。俺はベビーベッドのそばから動くことができなかった。

こんなふわふわした柔らかそうなものが、本当に生きているというのが信じられなかった。

見ているだけで心がなごむ。いつまで見ていても飽きることがない。

この気持ちを、どう表現したらいいんだろう。

初めて感じる不可解な感情。それに戸惑っていた俺は、その直後、心臓を撃ち抜かれたかと錯覚するような出来事に遭遇する。

赤ん坊が……笑ったのだ。

俺のほうを向いて。にこぉ……っと。

涙が出そうなほど、感情が高まった。

——かわいい！

無垢(むく)な笑顔に、俺のすべてが囚(とら)われた瞬間だった。

西園寺ホールディングスの跡取りとして生まれた俺は、それまで大人たちの作り笑いの中で生きていた。

そのため、十歳にして人間の笑顔の裏にあるものを察することができるようになっていた。

それは、綺麗なものばかりじゃない。むしろ、かかわり合いたくないもののほうが多かった。

そんな俺にとって、目の前の赤ん坊が浮かべた清らかすぎる笑みは、全神経を虜(とりこ)にするのに充分な威力を持っていたのだ。

『どうした、雅貴。かわいいか？』

ベビーベッドにへばりついている俺のそばに寄ってきた父は、からかうように笑った。

自分で言うのもなんだが、当時の俺は感情を表に出さない、生意気で面白みのない子どもだった。そんな俺が目を丸くして食い入るように赤ん坊を見ていたから、父は興味を持ったのだろう。

『はい……かわいい……です……』

口に出した瞬間、カアッと全身の体温が上がった。耳まで熱くなったのなんて、生まれて初めてだったのではないだろうか。

かわいい――その言葉の破壊力。とんでもない言葉だ。こんなにも感情が揺さぶられるものなのかと。

『かわいい……すごく……。信じられない……。こんなかわいいもの……外に出しておいちゃ駄目ですよ……汚れてしまう……』

ずいぶんと突飛な発言に聞こえたのかもしれない。父はちょっと驚いて俺を見ていた。けれど、そのときの俺は本気でそう思ったのだ。

こんなに綺麗で清らかでかわいいもの、大人がたくさんいる世界に出したら、あっという間に汚れてしまうと。

『だったら、雅貴が守ってあげたら？』

母の声が聞こえ、その言葉が俺の胸に響いた。

『そうそう、お嫁さんにして雅貴が守ってあげたらいいじゃない。ねぇ、陽子さん』

『やだちょっと、貴和子さん、うちの子、玉の輿じゃないっ』

『いいじゃない、私、娘もほしいしー』

母親二人が冗談のように盛り上がる。横に立っていた父も笑っていたが、考えてみればあのとき、向井のお義父さんの笑い声だけは聞こえなかったような気がする。

生まれて間もない娘の嫁入り話をされれば……そうかもしれない。

『まあ、なんにしろ、女の子を守ってあげるのは悪いことじゃない。おまえがそう思うなら、これから頑張ってこの子を守れる存在になれ』

父にポンッと肩を叩かれ、俺の心は決まった。

――この子を、守れる存在になろう……

世の中の汚いものにさらされないように……。困らないように、悩まないように、……泣かないように……

『愛衣ちゃん』

俺は赤ん坊の――愛衣の手を取り、顔を近づける。柔らかくてふわふわしたマシュマロのような手を頬につけ、小さな天使に話しかけた。

『愛衣ちゃんは、僕が守ってあげるからね』

ふわりとしたかわいらしい笑顔が俺を包む。

穢れのない清らかなものを守るという使命感。すべてはそこから始まった。

そしてその使命感は、愛衣が成長するにつれ徐々に変化し……

気がつけば俺は、本気で愛衣に恋をして、愛しいものを守るという気持ちで彼女に接するようになっていた。

――これから先も、守り続けたい……

デスクの上で握った手にぐっと力が入る。そばに誰かが立った気配がして、まぶたを開けた。

「なにか、お悩みかな？」

秘書との話が終わったらしい友人が、凶悪なくらい口角を上げ、俺の横で身をかがめている。

結婚式で彼と話をした愛衣は「礼儀正しくておだやかで、さすがに雅貴さんのお友だちは品がありますね」なんて言っていたが、こいつはなかなかに腹黒い。大きな猫をかぶっている人間だ。

「……そうだ、と言ったら？」

「俺にできることは？」

「やってくれるのか？」

「面白いことならね。プライベートスイートを花だらけにする以上のことがいいな」

俺は彼から目をそらし、ちょっと考えてから口を開いた。

「それ以上に、難しいかもしれないが」

「望むところだ。君に恩を売っておくといいことがありそうだ」

背を伸ばして腕を組んだ彼に顔を向け、俺は彼に負けないくらい凶悪な笑みを浮かべてみせた。

「そうだな、まずは……花言葉を教えてくれ」

俺の天使を、もう一度この腕に抱きしめるために。

そのためなら、俺はなんでもしよう――

＊＊＊＊

ちゃんと雅貴さんと向き合わなくては。

十日もたてば、おのずとそんな気持ちになる。

この十日間、雅貴さんからの連絡はなかった。きっと、わたしが考える時間をくれると言ったから、彼は連絡が来るのを待ってくれているのだろう。

……もしかしたら、そのあいだに呆れられて、離婚を考えられているかもしれないけど。

土曜日の昼、碧の部屋で一人でスマホを見つめ、わたしはごくりと息を呑んだ。

雅貴さんはお休みだろうか。もしお仕事中だったら迷惑になってしまう。連絡はメールだけにしておいたほうがいいだろうか。

いろいろ考えた結果、わたしはスマホを耳にあてた。スリーコール鳴らして出なかったらメールにしよう……

『愛衣か』

「ひゃっ！」

思わず驚いた声を上げてスマホを落としそうになった。

だ、だって、今、ワンコール鳴った!?

もしかして、……ずっと待っていてくれたの？

「……あの、話を、させてください……」

ドキドキと飛び跳ねる鼓動で声が震える。彼がわたしの連絡を待っていてくれたという喜びで、声が詰まりそうになる。けれど、それをこらえて話を続けた。

「いろいろ、考えたので……」

『答えは、出たんだな？』

「……はい」

沈黙が走る。ほんの数秒なのに、とんでもなく長く感じた。

『俺も、あれからいろいろ考えた』

ドキンと、痛いくらいに鼓動が胸を叩く。息が止まって冷や汗が出る。

『考えた結論を、愛衣に伝えたい』

「わかり……ました」

一度奥歯をグッと噛みしめてから、わたしは大きく息を吸った。

「わたしも、考えて出した答えを、雅貴さんに伝えたいです……」

『わかった。場所はどうする？』

彼の返事は冷静だ。

もしかしたら、彼に会えるのは、二人きりで話ができるのは、これが最後になるかもしれない……

そう考えてしまったら胸が苦しくて堪（たま）らなくなった。

わたしは、一縷（いちる）の望みをかけてある場所を指定する。

「あの……プライベートスイートで……」

『ん？』

「ラリューガーデンズホテル・グランドジャパンのプライベートスイートで。鍵は、わたしも持っているので……」

あそこには、たくさんの素敵な思い出が詰まっている。

成人式の日、立場の違いからやっぱり雅貴さんとは結婚できないと泣いたわたしに、彼がどれだけわたしを想っているかを教えてくれた。

そして、幸せな新婚初夜を迎えた場所でもある。

そこで、改めて今の気持ちを伝えたい。

もし雅貴さんが許してくれるなら、もう一度きちんとやり直したい。

『わかった。すまないが夕方でもいいか？　六時過ぎぐらい』

「あ……はい」

もしかして、これから雅貴さんは、なにか用事があったのかもしれない。いきなりこんな電話をして迷惑ではなかっただろうか。

「わかりました。六時過ぎに行きます」

そんな不安を感じつつ、わたしはそう言って通話を終える。力が抜けて床に突っ伏してしまった。

雅貴さんが考えた結論って、なんだろう……

「離婚……は、やだなぁ……」

口に出したとたん、悲しくなって涙が浮かんだ。

自分で口にしたことながら、こうして可能性が出てくると堪らなく不安になる。

彼は大きな責任を負っている人だ。彼の奥さんになる人は、それを理解して支えてあげられる大人じゃなくちゃいけない。

わたしみたいな、自分の立場も考えられない子どもじゃ雅貴さんだって困るだろう。

それでも……わたしは雅貴さんの奥さんでいたい。

彼からどんな結果を伝えられても、自分が考えて出したこの気持ちをちゃんと伝えようと思う。

「……好き……」

雅貴さんが好き。

好きだ。

我儘なことばかり言って困らせて、呆れられただろうけど……わたしは雅貴さんが大好きだ。

夫婦になれて嬉しかったこと、愛してもらえて幸せだったことを、ちゃんと伝えよう。

「雅貴さん……」

彼のことを考えながら目を閉じる。脳裏に浮かぶ、雅貴さんの微笑みや凛々しい姿。

小さなころから追いかけ続けた、大好きな人……

雅貴さんのことを考えているだけで気持ちが幸せになる。

しかし、突如鳴り響いたスマホの着信音が幸せな気持ちを現実に戻した。

「きゃっ！」

反射的に飛び上がる。手の中のスマホを見ると、電話の相手は碧のようだ。

碧は昼から大学へ行っていた。そのままバイトに出ると言っていたのだが、なにかあったのだろうか。

「もしもし、どうしたの？　ちゃんとお留守番してるよ」

と言ってから、夕方に出かける用事ができたことを言っておかなくてはならないと思いつく。

バイトから帰ってきてわたしがいなかったら、驚いてしまうだろう。

そんなことを考えていると、それどころではないくらい深刻な声が聞こえてきた。

『愛衣、今すぐアパートを出てっ』

「え？」

『そこにいたらまずいかも。それか、誰か来ても絶対に出ないで』

「ど、どうしたの碧、なんかあったの？」

わたしは焦りを感じながら、彼女に尋ねる。

『大学に、西園寺家の人が来たの』

「西園寺家の……誰が……？」

『使用人？　わかんないけど、警備員みたいな制服を着た人。奥様から若奥様を連れてくるように言われてるって』

お義母さんだ！

この十日間、雅貴さんとのことで頭がいっぱいで、お義母さんに連絡をとっていなかった。

西園寺家を出たあとも、なにかとちょくちょく電話で話をしていたので、連絡がなくなっておかしいと思ったのかもしれない。

『マンションに若奥様がいないから、どこにいるか知らないかって。聞いているっていうより探ってるって感じでね、あれは完璧に、友だちの誰かの所にいるって疑ってかかってるよ』

「誰かって……」

そうなれば、まず疑われるのは一人暮らしをしている友だち。親しさからいったら、碧が一番の候補じゃない！

『もし西園寺家の人がうちに来て愛衣が出なくても、外で見張られる可能性があるでしょう？　だから、私が帰るまで外には……』

「こ、困るよ……どうしよう……」

『どうしたの？』

突然わたしが慌てだしたので、碧が怪訝そうに聞いてくる。

外に出られないのは困る。それに捕まっちゃったら、雅貴さんに会えない。

「今日、雅貴さんと会う約束をしたの……。六時くらいなんだけど……。でも、お義母さんに捕まっちゃったら、たぶん、なんで出ていったのかとか、喧嘩の原因とか、いろいろ聞かれて……会いに行けなくなっちゃう」

お義母さんのことだ、下手をしたら雅貴さんを一方的に悪者にしてしまう恐れもある。

『話し合い、することにしたの？』

「うん。わたしの気持ちは、決まったから……」

『おかしなこと……考えてないよね？』

碧の心配そうな声が胸に響く。本当に碧には心配をかけっぱなしだ。

「大丈夫。本当にいろいろありがとう。自分の気持ちをハッキリ伝えてくるよ。あと、お礼も」

『そっか……わかった』

神妙な声でそう言ったあと、彼女は『よしっ』と小さく呟いた。

『愛衣、今すぐ大学においで。いくらなんでも、まだそっちまで行ってないと思うから』

「今すぐ？」

とはいえ、それが一番安全かもしれない。わたしはすぐに、「わかった」と言って電話を切り、出かける準備をした。


大学へ向かうあいだも、わたしは雅貴さんのことを考えていた。

不安はあるけど、彼に会って自分の気持ちを伝えるんだ。そう気持ちを固める。

視界に入る大学の門を見つめ、わたしは足を止めた。

わたしを捜しているという西園寺家の人。わたしは雅貴さんだけでなく、お義母さんにまで心配をかけてしまったのだ。

「雅貴さんとの話が済んだら……謝りに行かなくちゃ……」

そのとき、大学の門から碧が出てきた。彼女もわたしに気づいたらしく大きく手を振る。

「碧、お待たせ」

小走りに駆け寄っていく。……と、いきなり両腕を引っ張られ、まるでわたしを庇うように碧が身体をひねった。

「みんな！　今よ、やっちゃって！」

えっ!?

次の瞬間、わたしは目を見張った。

大学で仲良くしている女の子の友だちや、ゼミで親しい男子、たまにお手伝いをする教授の研究室で顔見知りになった先輩……などが、わたしの目の前で、警備員の制服を着た男性に飛び掛かり地面に押さえこむ。

あれ……？　あの押さえこまれている男の人って……。マンションでよくわたしについてきてた人じゃないだろうか。

「あの人、どうしてここにいるの……」

「なに言ってんの、あの人、愛衣のボディガードでしょう？　いつも大学についてきてたじゃない」

「えっ!?」

わたしは驚いて碧の顔を見る。ボディガードって……ハンターさんのこと？　でも、あの人はいつもスーツ姿で、警備員では……

「あのイイ体格としゃくれた顎が証拠よっ！　さっき来てから、ずっと門の所で見張ってるのが見えたから、わざと愛衣を呼んだのよ。アパートに来るかもしれないってビクビクしているより、ここで取り押さえたほうがよっぽどスッキリするじゃない！　急いで先輩とか男子を掻き集めたんだから。これぞ団結力の勝利よね！」

「み……みどり……」

我が友ながら、すごい子だ……

当のハンターさんはガタイがよくて強そうではあるんだけど、体格のいい男子大学生五人と、力ずくで突き飛ばすにはかわいそうな華奢な女の子三人に押さえられ、さすがに動くに動けないでいる。

「ほら、今のうちに行きな、愛衣。旦那さんに負けるんじゃないよ！」

「碧……」

碧が早く行けとでもいうようにわたしを前に押し出す。わたしは「ありがとう、あとで連絡するから！」と言って走り出した。

「がんばれよーぉ！」

「上手くいかなかったら、みんなでヤケ飲み大会しようぜ！」

「愛衣のために合コンセッティングするからねぇ！」

「安心しろー、バツイチになったら、おれがもらっちゃる！」

「どさくさに紛（まぎ）れんなっ！」

「頑張れー、愛衣、負けるなぁ！」

みんなの声に背中を押されて、わたしは必死に前へ向かって走った。

そろそろ限界というところで信号に引っかかり、激しい息切れに襲われる。

両膝を押さえ、ハアハアと速い呼吸を繰り返す。

友だちがくれる気持ちが、嬉しくて堪（たま）らない。

おかげで不安に沈んでいた気持ちが浮上し、頭がスッキリしていた。

雅貴さんが、どんな結論を出したのかはわからない。

でも、それでも、わたしが雅貴さんを好きな気持ちは変わらないんだから！

顔を上げてひとつ深呼吸をする。そして、青信号の横断歩道に足を踏み出した。


ラリューガーデンズホテル・グランドジャパン。

最上階のプライベートスイートに到着したのは、わたしが先だった。

時刻は夕方の六時。リビングルームの大きな窓からは、綺麗な夕日が見えている。最上階から見る、茜（あかね）色の空はとんでもなく綺麗だ。

「こんな夕日、初めて……」

思えば、ここに来るときはいつも夜だったから、こんなに綺麗な夕日を見る機会がなかった。

「そういえば……」

ふとあることを思い出し、わたしは部屋の中を見回す。ロフト部分を見上げ、そこに足を向けた。

初めてこの部屋に来たとき、ここから屋上へ出られると聞いた。

この部屋専用のヘリポートがあるから、今度はヘリで来ようって言われたっけ。残念ながら、まだその機会はないけれど。

なんとなく、屋上から見る夕日は、ここ以上にすごいんじゃないかと思った。

ロフトに上がると、奥の壁側にもう一つ階段が見える。おそらくそこから屋上へ出られるのだろう。

なんというか、突発的な衝動だった。

窓から見た夕日があまりにも綺麗だから、外に出て見てみたい、その程度の気持ち。

もちろんだが屋上へ出るドアにもロックはかかっている。部屋と同じくカードキーを通すタイプだったので、もしやと思い部屋のキーを使ってみた。

ガチャリ……と、重厚な金属音が響く。

ドアを押すとゆっくりと開き、わたしはそこから屋上へ出た。

「うわぁ……」

思わず声が出てしまうほど広い。大学の競技グラウンドくらいはありそうだ。

そして……

遮るものがなにもない空に広がる茜色があまりにも壮大で、わたしは息を呑んだ。

視界一面に広がる景色がわたしを魅了する。

大きくて、綺麗で、強くて頼もしい。熱烈に、わたしの心を捕らえて離さない。

「……雅貴さんみたい」

そうだ。この夕焼け空の壮大な秀麗さは、まさに雅貴さんの印象そのものだ。いつも、そこにいるだけでわたしの心を虜にする。

わたしは両腕を伸ばして目を閉じた。風が強くなった気がする。髪が踊りスカートがはためいた。こんなに高くて広い場所に一人きり。でも、不思議と怖くなかった。

だって、こうしていると、雅貴さんに抱かれているみたいなんだもの。

そのとき、風の音に交じって、なにかの羽音が聞こえてきた。

さらに……

「――――あい……！」

彼の声が聞こえたような気がする。わたしを呼ぶ、大好きな人の声。

「愛衣！」

直後、その声が鮮明になった。そして、ひときわ強くなる風と、大きな羽音……

羽音……？　いや、これは……ヘリコプター!?

「愛衣!!　こっちだ！」

わたしはハッと目を開けて上を向いた。

――雅貴さん!?

上空にヘリコプターがいる。強い風はこのせいだったんだ。

そして、開いたヘリのドアから、雅貴さんがこちらに向かって身を乗り出していた！

ちょっ……なにやってんですか、雅貴さん！　危ない！　危ないです!!

「愛衣！　いろいろ考えた結果、これが、俺の出した答えだ!!」

「はいぃっ!?」

「俺はおまえを離したくない！　愛衣の気持ちを考えてやれなかったことは俺の落ち度だ！　本当にすまない！」

「ま、雅貴さん!?」

いきなりのことに動揺するわたしの頭上から、正確にはヘリの開きっ放しのドアから、……なにかが降ってきた……

――それは……大量の薔薇(ばら)の花だ。

花びらを散らしながら、真紅の薔薇(ばら)の花がヘリから降り注(そそ)いでくる。

いったい、何本あるの？　地面がどんどん薔薇(ばら)色に染まっていく。

一本拾い上げると、きちんと棘(とげ)が取られていた。この薔薇(ばら)がすべてそうなら、すごい手間ではないだろうか。

わたしはその一本を胸元で握り、ヘリの雅貴さんを見上げる。

薔薇(ばら)の雨が降りやむと、ドアから縄梯子(なわばしご)が下ろされたのが目に入った。

ものすごくいやな予感がする……

案の定、雅貴さんがそこに足をかけたのだ。

「まままっ……まさたかさんっ!!」

危ない！　危ないです!!　ちゃんとヘリポートに着陸してから……ああ――っ!!

心で叫んでいるのか実際に叫んでいるのか混乱のあまりわからなくなった。とにかくわたしは、大きな口を開け悲鳴を上げていた気がする。

その目の前で、縄梯子(なわばしご)を半分くらい下りた彼は、地面に向かってダイブしたのである!!

「きゃ――――っ!!」

高さにしてどのくらいだろう。すっごく高くはないけれど、家の二階か三階くらいの高さはあったと思う。

「な、なにしてるんですか、怪我したらどうするんですかぁ!!」

驚くべき身体能力で無事に着地した彼に駆け寄り、わたしはスーツの胸を掴んでがくがくと揺さぶった。

着地できてすごい、とか、かっこいい、とかより、とにかく彼に怪我がなくてよかったという気持ちでいっぱいだった。

「雅貴さんになにかあったら、……わたし、どうしたらいいかわかんないじゃないですかぁっ!!」

あまりの恐怖に涙目で叫ぶ。すると、いきなり彼の唇がわたしの唇に重なってきた。

恐怖を吸い取るように唇を強く吸われ、わたしは一瞬、言葉を忘れる。

「ごめん。心配させて」

唇を離し、雅貴さんの両手がわたしの頬を撫でる。

「でも、愛衣がいてくれるなら、俺はどんなことでもできるんだ。だから、たとえ愛衣に嫌われてしまったとしても、何度でもめげずに自分の気持ちを伝えようと思う」

「雅貴さ……」

彼はわたしが持っていた薔薇を取ると、それをわたしの口元に当てた。

「これが、俺の気持ちだ」

それは、この大量に降ってきた薔薇のことだろうか。周囲をぐるりと見回せば、地面が薔薇だらけになっている。これだけの薔薇を積んでいたなら、ヘリの内部はすごいことになっていただろう。

先ほどのヘリは、雅貴さんが無事着地したのを見届けて引きあげていった。

「ヘリもそうだが、薔薇の調達に少し時間がかかってな。下準備はできていたんだが……待たせて悪かったな」

「いえ……でもこれ、いったい何本あるんですか？」

「九百九十九本だ」

「九っ……！」

なに、その数っ!!

よくぞまあ、そんなに……。用意させた雅貴さんもすごいけど、用意したほうもすごい！

「でも、この薔薇が雅貴さんの気持ち、って？」

「九百九十九本の薔薇は、〝何回生まれ変わってもあなたを愛する〟という意味があるんだ。俺の愛衣に対する愛情は、たとえ生まれ変わろうと変わらない」

雅貴さんの言葉に心が蕩けてしまいそうだ。しかもそれを、妖しく瞳を輝かせて口にするものだから、見ているほうが照れてしまう。

……大人の男の人の色気って、すごい……

「そ……それなら、千本だとキリがよくて、もっとすごい意味がありそうですね」

照れ隠しにそう言ってみると、彼は握りこぶしで力説した。

「千本は、〝一万年の愛〟という意味になるらしい」

……一万年……。それなら、千本のほうがキリがよかったんじゃ……

「俺の愛衣への愛は、一万年ぽっちじゃ足りないからな」

……まいりました……

雅貴さんはぁ！　ほんとにもぅっ!!

「雅貴さん！」

「ん？」

ちょっと強い口調にも余裕の笑みを返される。わたしは彼のスーツの胸を掴んだまま、グッと伸び上がって唇を合わせた。

「……生意気言って、ごめんなさい」

「愛衣……、じゃあ……」

「でも、雅貴さんの役に立てる奥さんになりたい気持ちは変わりません。それに、雅貴さんを大好きな気持ちも変わりません。……このままのわたしでも、あなたのそばにいていいですか？」

「当然だろう」

くすぐったい微笑みを浮かべて、今度は雅貴さんがわたしにキスをくれる。

「俺も、いろいろ悪かった。俺はとにかく愛衣と結婚できたのが嬉しくて、舞い上がっていたから……やりすぎたところがあったと思う」

「雅貴さん……」

「一度には無理だが、少しずつ改めよう。ひとまず、ボディガードは外したほうがいいんだな？」

「大学のみんながびっくりしちゃいますから」

大真面目に言うものの、さっきみんなに取り押さえられていたハンターさんを思い出して、ちょっと申し訳ない気持ちになる。

「でも、わたしのボディガードじゃなくなったら、お仕事がなくなるとか、ないですよね？」

「もちろんだ」

ホッと息を吐く。すると、雅貴さんの腕に抱きこまれた。

「愛衣は本当に優しいな」

彼の背に腕を回して、わたしはこの腕に戻れた幸せを噛みしめる。

「あ、そういえば……」

「なんだ？」

「お義母(かあ)さんに連絡しておかないと。わたしが連絡をしなかったせいで、わたしを捜していたみたいで」

「ああ、それなら俺のほうに連絡がきた。俺が泣かせたせいで離婚されそうだけど、全力で謝って戻ってきてもらうって言っておいたよ」

わたしは一瞬言葉を失い、キョトンとしてしまった。そんなことを言う雅貴さんなど、まるで想像ができない。

思わずアハハと笑うと、彼も声を上げておかしそうに笑う。

「もう、らしくないですよぉ」

「いや、土下座してこいって怒鳴られたよ」

ひとしきり笑い、見つめ合う。

「見てみろ、愛衣。夕日が沈む」

景色に視線を向けると、さっきまで空を覆っていた綺麗な茜色に、夜の色が混じり始めていた。

藍色が深くなった空に、朱の残照が混じる光景はすごく神秘的だった。

「ここからの空は格別なんだ。絶対、愛衣と見ようと思っていた」

その言葉が嬉しい。わたしは雅貴さんを見つめ、はにかむように笑った。

「さっき、ヘリコプターから飛び降りた雅貴さん、ほんとはカッコよかったですよ。スパイ映画のヒーローみたいでした」

「みたい？」

「……より、カッコよかったです！」

言い直したわたしに満足したのか、雅貴さんは笑いながらうんうんとうなずく。その笑顔が嬉しくて、わたしは彼にギュッと抱きついた。

「わたしも、何回生まれ変わっても変わりません。――大好きです、雅貴さん！」

わたしを抱く腕に力がこもり、再び唇が重なる。

二人だけの絶景の中でするキスは、景色に負けないくらいロマンチックだった。

＊＊＊＊

これまでの人生の中においても、かなり忙しない二時間だった。

愛衣からの電話を受けたあと、俺はあらかじめ頼んでいた九百九十九本の薔薇の調達を実行した。

いつも自信たっぷりに物事をこなす大和へ電話をかけると、電話口で大笑いされた。

『おまえの注文はいつも本当に面白い！』

我ながらギリギリの依頼である自覚がある。そこで大笑いできるおまえも面白いよ。

そしてキッチリと用意してしまうところが、さすが俺の友人だと思う。

とにかく、大笑いされようが面白がられようが関係ない。

すべては、愛衣と俺の未来のためだ。

なんとしても、愛衣をこの手に取り戻さなくてはならないのだから。

電話で愛衣を呼び出す前に、屋上で彼女の姿を見つけたときは運命だと思った。

おかげで、よりドラマチックに薔薇の花がその役目を果たしてくれた。

屋上のヘリポートの上を紅く鮮やかに彩った薔薇たち。しかし、それにも負けない愛衣の可憐な輝きは俺の目を捕らえて離さなかった。

そんな愛衣が、俺の気持ちを受けとめてくれた。今までと変わらずそばにいてくれる。

それが、どんなに嬉しかったか……！

ソワソワと落ち着かなかったものが一気に消し飛んだ。理解し合えたという安堵感が、幸せな愛しさを感じさせる。

もう二度と、愛衣を迷わせたり悲しませたりしない。

俺はそう固く心に誓いながら何度もキスを交わす。

そうすれば、俺の感情が、身体が、昂らないはずはなく……

今夜はここで二人で夜を過ごすと決めた。

室内に入ってすぐに愛衣を抱きしめ、またキスを繰り返す。

キスの合間に愛衣を押し倒したのはリビングルームの大きなソファーだ。もう少し進めばふたりで大の字になって寝ても余るくらいの大きなベッドがあるけれど、ここまでが限界。

なにもここで我慢の限界を迎えなくても、と、我ながら思う。

「ま、雅貴さ……」

息も絶え絶えになりつつ、愛衣は顔をそらし覆いかぶさる俺のスーツを軽く掴む。

「なんだ？　ちょっと余裕がない。質問ならあとにしてくれないか」

そう言いながら、愛衣にキスの雨を降らせる。

「よ、余裕って……」

「愛衣が欲しくて我慢できない」

愛衣はちょっと目を見開いた。

ああ、そのビックリした顔もかわいいぞ！　だが、頼むからこれ以上俺を煽ってくれるな!!

「本当に余裕がない」

上半身を起こし、俺はネクタイを緩めスーツの上着を脱ぐ。その性急な動きに驚き頬を染める愛衣がかわいくて、俺の欲望は高まっていくばかりだ。

「はぁ、愛衣がかわいすぎて、顔を見ているだけでイきそうだ」

「そっ、それは駄目ですっ」

慌てる様子もまたかわいい。ちょっと意地悪したくなる。

「どうしてだ？」

「え……？」

「どうして、顔を見ているだけで達したら駄目なんだ？」

「そ、それは……あの……」

俺の下で、もじもじして羞恥に震える様子がまた堪らない。

「愛衣を見て興奮するのは当たり前だ」

「だって、ずるいです……」

「なにが？」

「顔を見ているだけ、っていうことは、……自分だけ、ってこと……ですよね？」

愛衣は酷く恥ずかしがっている。愛衣の言おうとしていることを悟り、俺は先に口にした。

「そうか。『一緒にイきたいのに。一人でイクのは駄目』と言ってるんだな。かわいいことを」

「もう、ハッキリ言わないでくださいっ！」

愛衣が真っ赤になってムキになる。俺は軽く身体を倒し、間近からうっとりと彼女を見つめた。

「一緒にイきたいっていうのは、つまりはどういう意味？」

「い、言わなくちゃ駄目ですか……？」

「駄目」

にこりと微笑み、かわいく駄目出しをしてから、チュッと音を立てて愛衣の唇にキスをする。

「俺は、愛衣が欲しくて欲しくて堪らない。愛衣も、同じだろう？　それを愛衣の口から聞きたいんだ」

思えば、愛衣の口からそれを聞いたことがない。求めるのはいつも俺のほうで、愛衣から求められた記憶はなかった。

俺が彼女を愛しているように、彼女も俺を愛してくれているという自信はある。だがたまに、その自信が行方不明になるのだ。

だから、愛衣の口から聞きたい。

そんな不安が顔に出ていたのかもしれない。愛衣が俺の顔をじっと見つめ、いたわるように俺の頬を両手で包んできた。

「言っても、いいんですか？」

探るみたいな小さな声。

「俺は、言ってほしい」

「……いやらしい女だって……呆れたりしませんか……？」

恥ずかしそうに眉を寄せる。そんなことを気にしていたのか。いや、経験のない愛衣なら恥ずかしがっても当然だ。女性から行為を求める言葉を口にするのは、恥ずかしく言いづらいものなのだろう。

そんな言葉を無理に言わせるのはかわいそうだという思いが働くものの、同時にそれを言おうと羞恥に染まる愛衣の顔が見てみたい。

そんな不埒な欲望が、俺の中で渦巻いている。

「呆れるわけがないだろう。素直な愛衣の言葉が聞きたい。俺に、大人の女の顔を見せてくれ」

愛衣の顔がカアッとピンク色に染まっていく。ああ、恥ずかしがって、本当にかわいい。おまえを見ているだけで、すでに強く興奮を訴える下半身がつらくなってきた。

照れ隠しなのか、愛衣は唇を尖らせつつ、かすかに背を浮かせてキスをしてくる。そのまま俺を見つめて、待ち望んだ言葉を口にした。

「雅貴さんが……欲しいです……」

「愛衣……」

「好きな人が欲しくなるのは当たり前ですよね？　だから、この気持ちはおかしくないですよね？」

愛衣は俺が望んだ以上の言葉をくれた。なんて幸せなんだろう。

愛衣、やっぱりおまえは、俺の天使だよ！

「雅貴さんが欲しいです。だから、一人で、とか、……駄目……」

俺の頬に当てていた手で、するりと頬を撫でられる。俺は自然と微笑み、愛衣に唇を寄せた。

「わかったよ……」

唇で彼女の鼻に触れ、頬に触れ、目の下からまぶたに触れ、耳へと移動する。そのまま耳の縁を食むと、愛衣がぶるっと震えた。

最後に唇を重ね、軽く表面を擦り合わせる柔らかなキスをする。何度も顔の角度を変え唇を貪ると、愛衣が身体を起こしたがっていることに気づいた。

俺はキスを続けながら、彼女の背中に腕を回し身体を起こしてやる。

愛衣は俺の太腿を跨ぎ、正面から抱きついてきた。いつもより大胆に感じるのは、先に恥ずかしいと感じることを言わせた効果だろうか。

彼女とキスを交わしながら、性急に服を奪っていく。恥ずかしがる愛衣のためにいつもはある程度まで下着を残しておいてやるのだが、今回はショーツとストッキング以外、すべて剥ぎ取ってしまった。

「ンッ……ン……」

愛衣の喉が切なげに鳴る。あらわになった胸のふくらみを両手で円を描くように揉みこみ、頂を指で刺激した。

弾いたそこが興奮でぷくりと硬くなると、指でつまみくにくにと揉み立てる。尖った乳首はストレートに愛衣へ快感を与えているらしく、彼女は上半身をよじって悶えた。

「ぁ……ハァ、あっ……んっ」

キスの合間に、こらえきれず漏れる喘ぎ。彼女が焦れたみたいに腿の上で腰を動かすと、俺の強張りがさらにズボンのフロントを押し上げる。

すると、愛衣が俺のベルトに手をかけ、手さぐりで外し始めたのだ！　しかも、張り詰めすぎて痛いくらいだったフロントのファスナーを、ぎこちない手つきで下ろしていく。

これには俺のほうが驚き焦ってしまった。

だが彼女は、そのまま、俺の強張りにおずおずと触れてくる。

俺は内心の動揺を悟られないように、どうにか平静を装ってズボンと一緒に下着を下ろした。

「すご……ぃ、硬い……」

愛衣の柔らかな手が、じかに俺に触れる。

無意識に漏れたらしい彼女の声は、どこかうっとりとしていて、ぞくっとするほど官能的だ。

愛衣が、こんな声を出せるなんて……。それに、自ら俺のものに触れてくれるとは思わなかった。

彼女はおそるおそる手を動かしてくるが、切っ先を撫でたりくびれを指で挟んで擦ったりと、的確にポイントをついてくる。

愛衣に触れるのも久しぶりなのだ、このままでは冗談でなく先にイッてしまいそうだ。

「駄目だ……愛衣。おまえの手で触れられていると思うだけで滾るのに、そんなふうにされたら、今すぐおまえの中に入りたくて堪らなくなるだろう」

「い……れて……、あっ……」

その言葉に耳を疑った。俺は動きを止めて愛衣を見る。

「挿れて……くださ……。我慢できな……」

頬を染めて瞳を潤ませる愛衣は、はっきりと女の顔をしていた。自分から切望してしまうほど俺に欲情しているのが伝わってくる。

「欲しい……んです……。雅貴さん……が……」

俺の天使が、とんでもなく濫りがわしい言葉を口にした。だが同時に、羞恥に耐える表情は愛らしくて堪らない。

そんな愛衣は、欲望を口に出したことで、より興奮を高めたようだった。

もどかしそうに脚の付け根のストッキングに指をかける。俺は慌てて彼女の手を掴んだ。

「そんなことを、愛衣がやっては駄目だ。俺にやらせてくれ」

冷静に言ったつもりだが、興奮で息が乱れるのは隠せない。俺は愛衣のストッキングを勢いよく破くと、ショーツのクロッチを横にずらした。

愛衣のそこは、すでに俺を受け入れられるくらい蜜を滴らせている。

「っ……愛衣……」

あとは愛衣が腰を上げてくれれば……

目元を赤くして、じっと見つめてくる愛衣と視線が交わる。

俺の視線に応えるように愛衣が腰を上げた。俺は痛いくらいに滾った俺自身を、ずらしたクロッチの奥へとあてがう。促すように見上げると、彼女は自ら俺を迎え入れてくれた。

「……ぁっ……ぁぁっ……！」

彼女の気持ちよさそうな声。これは、俺をどれだけ欲していてくれたのかがわかる瞬間だ。

女性には挿入時に快感があるらしいが、それは男だって同じだ。欲してやまない悦楽の中へ飛びこむことができるのだから。

大きく膨張したものが中を広げていくたび、愛衣の背が反り返る。ゆっくりと落としていた腰を途中で止めた愛衣は、中の感触を堪能するみたいに深く息を吐いた。

俺は拷問のような快感に息を詰めつつ、彼女の腰に両手を添える。

「愛衣、全部、呑みこんで。そうしたら、もっと気持ちよくなるから」

「その言い方、やらしいです……」

ちょっと不満を口にしつつ、愛衣は素直に腰を落としていった。時間をかけて深く繋がると、彼女は苦しげに息を吐き上半身をうごめかせた。

「ほら。気持ちいいか？　俺の言ったとおりだろう？」

「な、なんですかぁ、その自信……。あっ……んっ」

下から腰を回す。対面座位でこうすると、密着した身体で花芯が刺激され、挿入部分以外からの快感に愛衣が悶えるのを知っていた。案の定彼女は、切なそうに声を上げ身を震わせる。

「雅貴さ……」

「動いていいぞ。俺が欲しいって、思ってくれたんだろう？」

「はい……」

愛衣がおずおずと腰を上下に動かし始めた。俺は彼女の両乳房を掴んで揉みこみ、より深い快感を彼女に与える。ぴんと尖った片方の頂を口に含み、吸いつきながら舌を絡めた。

「あっ……やっ、ンッ、……気持ち……い……」

無意識にこぼれる本音どおり、愛衣の腰の動きが大きくなっていく。俺の肩に置いていた手を離し、ソファーの背もたれを掴んだ。

「んっ、あっ……雅……貴さぁん……やぁっ……あっ……」

「愛衣、すごく気持ちいい……。呑みこまれる……」

「やっ……アぁっ……やぁぁ……ンッ！」

「こんなに欲しがってくれて……、すごく嬉しい……」

「んっ……あぁっ……！　やっ……だって、同じ……だから、あぁっ……！」

「ああ。俺も、すごく愛衣が欲しかった……」

乳房を触っていた手を愛衣の腰に移し、強く掴んで彼女の動きを助ける。下から突き上げるように動かすと、愛衣は喉を反らして嬌声を上げた。

「あぁっ……！　あっ……！　やぁ……ああんっ！」

苦しいくらいの締め付けに息を呑む。俺は愛衣の腰を掴む手に力を入れ、より激しく下から突き上げた。肌のぶつかる音にくちゃりくちゃりといやらしい蜜音がまじる。

今さらながら、ショーツを脱がせておくんだったと後悔する。この調子では、一度洗わないと穿けないだろう。そう思いながらも、俺は動きを止めることができなかった。

叩きつけるみたいに俺の熱が隘路をスライドする。

自身の快感を追い求め彼女に無理をさせていないか不安になった。だが、情けないかな、この昂りを制御できる自信がない。

愛衣を深く貫きつつ、俺は揺れ動く乳房に吸いついた。そして、硬く尖った頂を執拗に舐めしゃぶる。

「やっ……ぁ……あっ！　雅たかさ……ダメぇっ……」

愛衣の目がもうろうとしてきた。頬が上気して、熱した蜂蜜みたいにトロリとしている。

「やぁ……もぅ……、あぁっ……！　あっ……！」

「イっていいぞ……。ほら……」

ひときわ強く腰を打ちつけると、愛衣の下肢がピクリピクリと震えた。直後、全身を引き攣らせて動きを止めた。

「ごめ……雅貴さ……ん、先に……イっちゃ……た……」

ひとりでイクのはずるいと俺を責めたばかりだ。そんなふうに息を震わせながら謝る愛衣が愛しくて堪らない。俺はふっと表情を緩めて愛衣の頭を引き寄せる。そのまま唇を合わせた。

「かわいいよ……。愛衣」

キスをしながら、ゆっくりとソファーに押し倒す。ずるりと愛衣の中から自身を抜くと、彼女はぶるぶるっと身悶えた。

「雅貴さ……ん……」

「待ってて。すぐにあげるから」

微笑んで愛衣の頬にキスをする。そしてソファーから離れベッドルームで自分に避妊具を付けて、再び愛衣のもとへ戻った。

「これは、脱ごうか」

愛衣の脚からストッキングとショーツを抜き取る。

「帰りは穿いていけないな。ぐちゃぐちゃだ」

「言わなくていいですよ……」

愛衣は俺の腕をぺしっと叩く。どうやら照れているらしい。俺は笑いながら自分も残りの服を脱ぎ捨てた。

「ベッド……行かないんですか？」

「あとで」

刺激的に進んだこの流れを変えたくなかった。愛衣が「しょうがないなぁ」と言いたそうな顔をしているのが気になるが……

さては、ベッドに移動する余裕もない、と思っているな？　……まあ、間違いじゃないが。

愛衣の脚を大きく広げ、そこに腰を進める。再びの挿入に彼女は咄嗟に身体を引こうとするが、ソファーの端に追いやられているため逃げることができない。

「んっ……ん、やぁ……」

「愛衣を追いつめて逃げられなくして入れるなんて、ゾクゾクする」

「なんで、すかぁ、それぇ……」

「だから……、ほら……」

ぐぐっと根元までうずめた滾りをさらに押しつけ、最奥の上壁をえぐる。その衝撃を我慢しきれないのか、愛衣は両手をソファーに押しつけて両脚を空中で引き攣らせた。

「やっ……んっ！　あぁっ！」

彼女の脚を腕に抱え、覆いかぶさる。細かく律動しながら、愛衣の首筋に吸いついた。

「ほら。抱きついて」

言われるまま俺に抱きついてきた愛衣は、頼るものがある安心感からか、ホッと息を吐いた。

「まさ……たかさ……んっ……あっ、あぁっ！」

「イイ顔……」

感情の昂りと一緒に抽送が大きく速くなっていく。愛衣の両脚にぐっと力が入った。

「あぁぁっ……や……やぁ……。また、イっちゃ……あぁっ……」

彼女に第二弾の波が来そうになった瞬間、俺は思い切って滾りを引き抜く。達しかけていた愛衣の身体が一瞬硬直するが、素早く彼女を抱き起こし、ソファーに膝をつかせて背もたれに寄りかからせた。

「大丈夫。すぐにイかせてあげるよ」

腰を引き寄せバックから挿入する。愛衣が背もたれを両手で掴んだ直後、抽送を激しくすると、ソファーから身体を離して背を反らした。

「あっ……あぁ、やっ……ダメっ、あぁんっ！」

愛衣の横尻をしっかりと掴み、今にも破裂しそうなくらい昂った熱塊を抜き挿しする。淫路を激しく擦り上げられる快感に、彼女は甘く啼き続けた。

「ダメッ……雅貴さ……んっ……。もう……あっ、ハァ、あっ！」

「愛衣……、愛衣……」

後ろから愛衣の乳房を掴み、彼女の背に覆いかぶさってピンクに染まる頬に顔を寄せる。

「好きだよ……愛衣……。愛してる……」

「んっ、あっ、……アぁっ……！」

愛の言葉を囁けば彼女の表情は悦びに蕩ける。だが、どうも身体はそれどころではないようだ。

全身で、快感を解放したがっているように思えた。

「愛衣、どうしたい？　言ってごらん」

「やっ……ぁ、まさたかさぁん……ああ、んっ」

「愛衣は大人の女なんだろう？　じゃあ、その口でして欲しいことを言って」

「あぁぁん、意地悪……！」

……なにを望んでいるのか、わかっている。愛衣のこの状態を見てわからないはずがない。

意地悪なのはわかっているが、言ってほしかった。

達する寸前のこの切実な欲求は、男も女も同じだ。愛衣は快感に煽られるまま、潤む瞳で俺に哀願した。

「……イ……かせて……くださ……、お願……い……」

その言葉を待っていた。

彼女がねだってくれることの、なんと嬉しいことか。俺は、心得たとばかりに強く彼女を貫き始めた。

「あぁっ……！　やあぁっ……あっ、ダメぇっ……！」

「愛衣……、一緒に……」

「イクっ……もう、あぁっ……雅……貴さっ……――！」

「くっ……！」

愛衣が涙をこぼして喜悦の声を上げたとき、俺も低く呻いて薄い膜越しに欲望を吐き出した。

きつくソファーを握っていた愛衣の手から力が抜け、身体が崩れそうになったところを抱きとめる。

「愛衣……。愛してる……」

彼女を腕に抱いたまま、ソファーに腰を下ろす。

ぐったりと身を委ねてくる愛衣を、俺は幸福感とともに抱きしめた。

エピローグ

話し合いの結果、マンションでの二人暮らしは、もうしばらく続けることになった。

そろそろわたしも大学が始まる。休みのあいだはできたことも、学校が始まってテストだ行事だと忙しくなれば、できなくなることもあるだろう。

『いつでも戻ってらっしゃい。いつでもいいのよ？』

そう言ってくれるお義母（かあ）さんがいるし、またもや過保護なおせっかいを発動しそうな雅貴さんの気配も感じているけれど、わたしはわたしで妻として旦那様のために頑張ろうと思う。

善処していくという約束どおり、少しずつだがマンションやスーパーの雰囲気が変わってきたような気がする。

なんといっても、スーパーでのあの怖いくらいの居心地の悪さを感じなくなった。サポート要員として仕込まれていた住人も撤退したらしく、世話好きの青山さんの姿もいつの間にか見なくなった。

新学期も始まった四月のある日曜日。季節はすっかり春模様である。

この日は、わたしお薦（すす）めのカフェで雅貴さんとランチを食べる、という恐れ多い計画を立てていた。

わたしは、碧とよく来るアンティークの木製ドアがかわいいカフェに彼を連れてきた。

「なかなか美味（おい）しいじゃないか。オムレツの柔らかさは俺好みだ」

ランチプレートのオムレツをフォークでつつく雅貴さんは楽しそうだ。わたしとしてはホッとしている。気に入ってくれてよかった。

高級なものの中で育った人だけど、大学生のときは居酒屋で朝まで飲んでいたことがあるって言っていたし、わたしにリクエストしてくるメニューも普通の家庭料理が多い。彼は結構、庶民の味もいける人なんだと思う。

今度は一緒に居酒屋でご飯とかもいいかな。……なんて、調子に乗って思ってしまった。

そんなに広くはない店内だけど、日曜日とあって今日は、八割くらいの席が埋まっている。

いつもは若い人の多い店なんだけど、……なぜだろう、今日は大人、というか、雅貴さんくらいか少し上のお客さんが多い気がする。

おまけに……店の隅では弦楽四重奏の生演奏がされていた。

……おかしい。この店、そんな店だっけ……？

カウンターへ目を向けると、マスターの苦笑いが目に入る。

……いやな予感が……するんですけど？

「そういえば、報告書で見たんだが、例の〝初喧嘩記念日〟に、ボディガードの相楽が大学の友だちに取り押さえられたらしいな」

いつの間にそんな記念日ができたんだろう。あ、そういえば、二人の記念日をたくさん作っていこうって言っていたっけ。

「あ、はい。わたしをつけ回す監視役、みたいに思われていたらしくて」

「相楽も災難だったな。それにしても、愛衣のためにそこまでしてくれるなんて、いい友だちだな」

「はい」

友だちを褒めてもらえるのは嬉しい。すると雅貴さんはもっと嬉しい提案をしてくれた。

「結婚式に呼べなかった大学の友だち、お世話になっている講師の先生なんかを改めて招待して、披露宴代わりのお祝いパーティーでもしようか。もちろん、西園寺家主催で」

「本当ですか⁉　みんな喜びます！」

わたしが素直に喜ぶと、雅貴さんも微笑んでホットサンドを手に取った。

「愛衣が喜んでくれるなら、俺はなんでもするよ」

すごいセリフです。相変わらずですね‼

嬉しいけれど、何度聞いても照れてしまうセリフだ。恥ずかしがっているわたしの頬を、彼は笑顔でツンッとつついてきた。

「ところで、雅貴さん？」

「ん？」

「このあいだ、いろいろと考え直してくれるって言いましたよね？」

「しているだろう？　ひとまず、不必要に世話役を仕込むのはやめたが？」

「……今日は？」

ぴたり……と、雅貴さんのフォークが止まる。

「この店で、生演奏なんて聞いたことないし、……客層もいつもと違うようですが……」

「生演奏はいいぞ。ムードが盛り上がる。愛衣の心も落ち着くだろう？　それに、あまり騒がしくないほうが二人の食事に集中できるしな」

――やっぱり、仕込んでるし!!

「まさたかさんっ!!」

「愛衣のためだ」

わかってる。わかってるけどぉっ!!

愛しの旦那様の尋常ではない激愛は、まだまだ続きそうなのです……

書き下ろし番外編

激愛旦那様の悩み多き一日

西園寺雅貴が愛衣と結婚して一年が過ぎた。

日夜、愛妻に惜しみない愛情を注ぐ雅貴。

そんな彼を、想像もつかなかった衝撃が襲ったのである――

「今夜は、折り入ってお話がありますから……」

その日の朝、最愛の妻、愛衣が、真剣な顔でそう言った。

話があるのなら今でもいい。ちょうど朝食も済んだところだし、迎えがきて出社するまでまだ時間がある。

「話していいぞ。夜のほうがいいのか？」

リビングテーブルでコーヒーカップを片手に雅貴が聞くと、愛衣は一瞬戸惑い、開きかかった口を閉じて言葉を濁(にご)した。

「……はい……」

今では駄目な理由を、言いたいのに言えない……なんだかややこしいが、要は本題を夜にしっかりと話したいから今は言えない、ということなのだろう。

さっさと聞いてしまいたいのはやまやまだが、本人が夜のほうがいいと言っているのを、無理やり聞こうとして戸惑わせるのもかわいそうだ。

目の中に入れても痛くない愛妻。いや、いっそ目の中に入れて一体化して歩きたいとさえ思う。愛しい愛しい愛衣の話。夜までのお楽しみにしておけば、仕事もはかどるというもの。

「わかった。それなら今夜は早く帰ろう」

「……はい……」

愛衣は、どこか気まずそうだ。

……そんなに、覚悟をしなくては言えないことなのだろうか。

気になりつつも、雅貴は胸の高鳴りを覚える。愛衣がここまでもったいぶる話の内容とは、いったいどのようなことか。

かわいくて無邪気な愛衣のことだ。深刻なフリをして、実は雅貴を喜ばせる嬉しい話なのではないだろうか――

「ご機嫌ですね」

会社へ向かう車の中で、運転をしていた設楽（したら）に話しかけられた。

結婚当初、設楽は愛衣の監視役兼ボディガードだった。現在は雅貴の運転手兼ボディガードを務めている。

体格もよく寡黙な男で、移動中に雅貴が思いだし笑いをしようとブツブツ独り言を言っていようと、それを気にして話しかけてくることはなかった。

それでも西園寺家おかかえになって一年以上がたち、だいぶ馴染んだのかもしれない。ときどきこうして、彼のほうから話しかけてくることがある。

「そうだな。今日は張り切って仕事ができそうだ」

「それはよいですね。旦那様が早くお帰りになられれば、奥様もお喜びになる」

そう言われてしまうと、早く帰って愛衣の話を聞いてやらねばという使命感が強くなる。

雅貴は片手でさりげなく口を覆い、にやけかかった口元を隠す。やはりさっさと聞けばよかっただろうか。楽しみで堪らない。もう、いっそこのまま帰ってしまいたい。

はやる気持ちを紛らわせるため、雅貴はさりげなく設楽に話しかけた。

「たとえば……なのだが、妻が改まって真剣な顔で『折り入って話がある』と夫に告げるのは、どんなときなのだろうか」

「それはまた。なにか雑誌の影響でしょうか。旦那様には無縁のことかと思います」

「なぜだ？」

「そういうのは、よく離婚話の前兆といいますから」

雅貴は異次元レベルの単語を聞いた気分になる。

離婚、なんて言葉は、彼の辞書にはない。

「熟年離婚とかの話で、よくそういうのを聞きますね。帰宅したら妻が真剣な顔で座っていて、ちょっと話がありますす……という具合に切り出されるというやつ。……ああ、申し訳ありません、旦那様にはご興味もないお話で……」

「構わない。設楽がそんなに話をしてくれるのも珍しい。君の意見を、もう少し聞かせてくれないか？」

雅貴は興味深げに彼の意見を求める。西園寺ホールディングスの跡取りである彼。その判断力と采配(さいはい)は当代無双といわれるほど。そんな彼に有益と判断され意見を求められて感動しない者などいない。

設楽も例外ではない。しかし取り乱さないよう、彼はひとつ咳払いをして前向きな話を提供した。

「旦那様にそういった状況を迎える可能性があるのなら、奥様のご懐妊が発覚した際……などかもしれません」

この意見には、さすがの雅貴も驚いた。しかし彼にはそびえ立つようなプライドがある。愛衣以外の人間に、取り乱した姿など見せたくはない。

……本当は、愛衣にも見せたくはないが……

「奥様はとても恥ずかしがり屋な面をお持ちですから、喜んで報告するというよりは、覚悟を決めてかしこまってからご報告されるような気がします。……差し出がましい意見で、申し訳ございません」

「いいや、そんなことはない。私もそんな気がする」

軽く笑って平常心を維持するものの、実際、設楽の意見は目からうろこだ。

懐妊報告……

いや、まさか。……ではない。その可能性は大いにある。

むしろ、愛衣の話とはそれしかないのではないだろうか。

どちらかといえば愛衣は「重大報告――！」と大はしゃぎしながらではなく、「実は、実はですね……」と羞恥心いっぱいで戸惑いながら報告するタイプだ。

もし本当に懐妊報告なら、とても喜ばしいことだ。実家に報告なぞしたなら、お祝いのパーティーが催されてしまう。

（俺と……愛衣の……子ども……）

考えただけで、全身を幸福感が襲う。

なんということだろう。こんなに早く、最愛の妻と育むべき命を授かることができるとは。

（こんなに……早く……）

……感動で明るかった心に、ゆるゆると暗雲が迫る……。

（……早い…………）

暗雲どころか——雷が落ちた。

（早い！　早すぎる!!）

一気に雅貴の神経が張りつめる。生まれて初めて感じる強烈な焦り。いや、結婚して間もなく、愛衣に離婚されそうになったときと同じくらいの焦りが湧き上がった。

結婚して一年だ。子どもができてもおかしくはない。

しかし、愛衣はまだ大学四年生になったばかり。卒業まであと一年ある。

今、妊娠してしまったら大学はどうする。ある程度までは通えるだろうが、お腹が大きくなれば目立つし、好奇の目で見られては愛衣がかわいそうだ。

妊娠の初期には〝つわり〟というものがあると聞く。酷いと起き上がるのもつらいらしい。もしも愛衣が妊娠の症状で苦しんでいたら、到底大学になど行かせられない。

（退学……いや、休学か……。いや、そんなことをして下手をすれば、愛衣は友だちと一緒に卒業できない……）

愛衣の友人関係は把握している。愛衣は実に交友関係が広く、男友だちに至っても素直でいい青年ばかりだ。結婚当時、それらをすべて排除しようとしていた自分が情けなくなるくらいだった。

大学生活はしっかりと送らせてやりたいし、ちゃんと卒業もさせてやりたい。

だからこそ、夜の生活では気をつけていた……つもり……だった……

(だった……が……)

少し……気が緩んだことは……あった……

近くは、初めての結婚記念日の夜。盛り上がったついでに、少々羽目を外してしまった……気がする。

思えばあれから二ヶ月。雅貴が知る限りの知識……小説や映画の例をみれば、だいたい女性の妊娠が発覚する展開がなされるのは二ヶ月目か三ヶ月目ではなかったか。

(愛衣が……妊娠……)

喜ばしいのに、血の気が引く。

愛衣はどれだけ戸惑っているだろう。彼女は最後まで友だちと大学生活を謳歌したいに違いないのに。

妊娠したとなれば、それもままならなくなる。

雅貴に告げようと決めることさえ決死の覚悟だったに違いない。それだからあんなにかしこまって。

(愛衣……)

——その日は一日中、愛衣の懐妊問題が頭から離れなかった……

早く帰るとは言ったものの……

いろいろと考えこんでしまい、それによってやることも増え、雅貴が帰宅したのは二十時を過ぎていた。

どんなに悩みがあるといっても本来の仕事をおろそかにすることはできない。通常通りの仕事をこなしながら、彼はいろいろと調べていたのだ。

妊娠周期ごとの胎児の成長と妊婦の身体の変化などを調べては、愛衣はこんな変化に耐えなくてはならないのかと涙し、胎児の成長の過程に感動し、赤ちゃんグッズを調べ、その種類と数の多さにびっくりした。

雅貴に迷いはない。愛衣から報告を受けた際は、優しく彼女を抱きしめ喜びを分かち合おうと決めた。

病院はもちろん西園寺一族の女性が世話になっている主治医がいるし、妊婦生活においても今以上に送り迎えを徹底して、彼女に負担を掛けないように配慮してやりたい。

幸いなことに愛衣は成績もいい。体調次第では通常通り卒業させてやることもできる。

(よし、準備はOKだ、愛衣！　ドーンと俺の胸に飛びこんでこいッ!!)

「ただいま！　愛衣！」

いつもの数百倍張り切って、雅貴は玄関のドアを開ける。勢いがよすぎて、一瞬ドアが壊れるのではないかと思った。

「おかえりなさい！　雅貴さん！」

「うわっ!!」

柄にもなく大きな声で驚き、閉まったばかりのドアに背中がつくまで後退してしまった。

愛衣が玄関前の廊下で正座をして、雅貴を出迎えたのだ。

「あ……あい？」

「い……勢いで言わないと、言えないと思って……待ってました。今朝、言った、お話のことなんですけど……！」

雅貴はハッとする。愛衣はこれほどまでに悩んでいるのだ。

雅貴が帰ってきた瞬間に勢いで言わないと、心が折れそうなくらい戸惑っているのだろう。

自分の身体に命が宿るのだ。不安にならないはずがない。

(俺が、守ってやらねば！)

「雅貴さん……実は、わたし……！」

「愛衣！　わかった！」

彼らしくない勢いで鞄を投げ出し靴を脱ぎ捨てた雅貴は、廊下に両膝をついて愛衣を抱きしめる。

「悩ませてすまない！　みなまで言うな！　俺にはすべてわかっている！」

「ま……雅貴さん……本当に……」

「当然だ！　愛衣のことで俺にわからないことなどない！　一人でかかえてつらかっただろう！　でも、苦しまなくていいんだ、俺も愛衣と同じ考えだから！」

「じゃあ、いいんですか、わたし……」

「もちろんだ！　愛衣の望みはなんでも叶えてやると言っただろう！　遠慮はするな！　俺たちは夫婦なんだ！」

「じゃあわたし……就活してもいいんですね！」

「もちろんだ、産むに決まって……！」

勢いのよかった雅貴の言葉は…………そこで、止まる。

（——就……活……？）

腕の中の愛衣は、キラキラした目で雅貴を見つめている。希望の光を見つけた。まさしくそんな目だ。

「わたし……わたし、絶対に反対されると思って言えなかったんです……。でもやっぱり、雅貴さんはわたしのことなんでもわかってくれているんですね」

「……いや……まぁ、あれ？」

「去年から友だちが就活していて、みんながいろいろと経験していくのに、なんだかわたしだけ取り残されているみたいで寂しかったんです。就活が簡単なものじゃないってわかってるし、もし外で働くようになっても甘え気分じゃ駄目だっていうのもわかってます。雅貴さんのお嫁さんとしての務めがあるのもわかってます。両方ちゃんとやれるように頑張ります！　ありがとう、雅貴さん！」

どれだけ自分の内に溜めていたのだろう。

吐き出すものをすべて吐き出した愛衣は、強く強く雅貴に抱きつく。

「雅貴さんは本当になんでもわかってる。大好き！　雅貴さん！」

「あ……ああ……わかっているよ、愛衣……」

――とんだ……思い違いだ……。

考えてみれば、愛衣は大学四年生。昨年から友だちの就活風景を見て、一人その輪に入っていけない寂しさに耐えていたのかもしれない。

西園寺ホールディングス跡取りの妻、ひいてはラリューガーデンズホテルチェーンの社長夫人。そんな立場の自分が、就活して就職し、働いてみたいなどと言ってはいけないと思っていたのだろう。

愛衣が就活をするなんて、考えてもいなかったことだが……。

「わたし、もし就職できたら本当にお仕事頑張ります！　目標は、初任給で雅貴さんにご飯をごちそうすることです！」

無邪気にこんなかわいいことを言う愛衣に、駄目なんて言えるものか。

「仕事は遊びじゃないぞ。わかってるな」

「はい！　もちろんです！」

張り切り喜ぶ愛衣に愛しさを募らせながらも……

懐妊報告ではなかったことを、少し残念に思う、雅貴であった――

恋愛小説「エタニティブックス」の人気作を漫画化!
EC
Eternity COMICS
甘いトモダチ関係
漫画 はちくもりん
Rin Hachikumo
原作 玉紀直
Nao Tamaki
残業届…ハンコ押してやれそうにない
私はずっと
征司と友達でいたいよ!!
あっ
あ
ああっ

東野朱莉と三宮征司は、大学の同級生で十年来の親友。今は同じ職場で働いており、仕事でもプライベートでも息がぴったり。朱莉はこれからもそんな関係が続くと思っていたのだけれど……。ある日突然、征司から告白されちゃった!? さらには野獣のように激しく迫られて――。

EC
Eternity COMICS
甘いトモダチ関係
はちくもりん
玉紀直
紳士の本性は
強引な野獣!?
エタニティCOMICS

B6判 定価：704円（10％税込） ISBN 978-4-434-22072-2

EB エタニティ文庫 ～大人のための恋愛小説～

Akari & Seiji

大親友だった彼が肉食獣に⁉

甘いトモダチ関係

玉紀 直

装丁イラスト／篁アンナ

ちょっぴり恋に臆病なOLの朱莉。恋人はいないけれど、それなりに楽しく毎日を過ごしている。そんなある日、同じ職場で働く十年来の男友達に告白されちゃった⁉　予想外の事態に戸惑う朱莉だけれど、彼の猛アプローチは止まらなくて——！？

エタニティブックス Rouge 赤

定価：704円（10%税込）

Yumeno & Suguru

王子様は私の身体に夢中？

眠り王子の抱き枕

玉紀 直

装丁イラスト／青井みと

寝具メーカーに勤める夢乃が徹夜明け、仮眠室で目覚めると——なぜか副社長の腕の中だった⁉「君の身体は最高だ！」「お戯れはいけませんッ‼」そのままなぜか彼の"抱き枕"となり、ルームシェアまですることに。彼の甘く情熱的な束縛に、夢乃は身も心も絡め取られて……⁉

エタニティブックス Rouge 赤

定価：704円（10%税込）

※エタニティブックスは大人の女性のための恋愛小説レーベルです。ロゴマークの色で性描写の有無を判断することができます（赤・一定以上の性描写あり、ロゼ・性描写あり、白・性描写なし）。

詳しくは公式サイトにてご確認下さい

https://eternity.alphapolis.co.jp

携帯サイトはこちらから！

結婚を約束した彼との幸せな未来を夢見る絵梨。ところが、ようやく迎えた婚約披露の日、彼の隣で笑っていたのは何故か自分の後輩だった！　絵梨はどん底まで突き落とされたが、思いがけない転機が訪れる。なんと、偶然知り合った謎のイケメン、雅翔から、元カレたちへの“復讐”を提案されたのだ。戸惑う絵梨だったが、気付けば雅翔のペース。彼のおかげで本来の美しさを引き出された絵梨は周囲からも注目を集めるように。しかも雅翔は、会うたび恋人のように甘くて…

B6判　定価：704円（10%税込）　ISBN 978-4-434-28985-9

EB エタニティ文庫 ～大人のための恋愛小説～

Eri & Masato

どん底からの逆転ロマンス！
史上最高の ラブ・リベンジ

冬野まゆ　装丁イラスト／浅島ヨシユキ

結婚を約束した彼との幸せな未来を夢見る絵梨。ところが念願の婚約披露の日、彼の隣にいたのは別の女性だった。人生どん底――の絵梨の前に、彼らへの復讐を提案するイケメンが現れた！　気付けばデートへ連れ出され、甘く強引に本来の美しさを引き出されていき……

赤

定価：704円（10%税込）

Kanako & Ryouichi

この手に、惹かれてしまう
優しい手に守られたい

水守真子　装丁イラスト／天路ゆうつづ

過去の恋愛トラウマから、男を避けるようになったＯＬの可南子。ある日、会社の先輩の結婚式で酔った彼女は、そこで出会った男性に介抱され、流れで関係を持ってしまった！　すると翌日から、彼の猛アプローチが始まる。戸惑いながらも、可南子は彼に惹かれていくが――

赤

定価：704円（10%税込）

※エタニティブックスは大人の女性のための恋愛小説レーベルです。ロゴマークの色で性描写の有無を判断することができます（赤・一定以上の性描写あり、ロゼ・性描写あり、白・性描写なし）。

詳しくは公式サイトにてご確認下さい
https://eternity.alphapolis.co.jp

携帯サイトはこちらから！

本書は、2018年3月当社より単行本として刊行されたものに、書き下ろしを加えて文庫化したものです。


この作品に対する皆様のご意見・ご感想をお待ちしております。

おハガキ・お手紙は以下の宛先にお送りください。

【宛先】

〒150-6008 東京都渋谷区恵比寿4-20-3 恵比寿ｶﾞｰﾃﾞﾝﾌﾟﾚｲｽﾀﾜｰ 8F
（株）アルファポリス　書籍感想係

メールフォームでのご意見・ご感想は右のＱＲコードから、
あるいは以下のワードで検索をかけてください。

アルファポリス　書籍の感想　検索

ご感想はこちらから

エタニティ文庫

激愛（げきあい）マリッジ

玉紀直（たまきなお）

2021年7月15日初版発行

文庫編集－熊澤菜々子
編集長－倉持真理
発行者－梶本雄介
発行所－株式会社アルファポリス
〒150-6008 東京都渋谷区恵比寿4-20-3 恵比寿ｶﾞｰﾃﾞﾝﾌﾟﾚｲｽﾀﾜｰ8F
TEL 03-6277-1601（営業） 03-6277-1602（編集）
URL https://www.alphapolis.co.jp/
発売元－株式会社星雲社（共同出版社・流通責任出版社）
〒112-0005 東京都文京区水道1-3-30
TEL 03-3868-3275
装丁イラスト－花岡美莉
装丁デザイン－ansyyqdesign
印刷－中央精版印刷株式会社

価格はカバーに表示されてあります。

落丁乱丁の場合はアルファポリスまでご連絡ください。

送料は小社負担でお取り替えします。


ISBN978-4-434-29099-2 C0193